W0371679

LE PAYS DE NULLE PART

DE LA MÊME AUTEURE

FAKE NEWS, *bande dessinée*, avec Leslie Plée, Delcourt, 2021.
C'EST QUOI UN TERRORISTE ?, *bande dessinée*, avec Leslie Plée, Delcourt, 2019.
LE SILENCE DE MON PÈRE, L'Iconoclaste, 2016 (prix de la Porte Dorée, prix Amerigo Vespucci).
ILS SONT DEVENUS FRANÇAIS, avec Isabelle Monnin, JC Lattès, 2010 ; Points, 2011.
LA TOUR, ou un chien à Chinatown, *roman*, Grasset, 2022.

DOAN BUI

LE PAYS DE NULLE PART

BERNARD GRASSET
PARIS

Jaquette : illustration Riki Blanco.

ISBN 978-2-246-83618-6

Tous droits de traduction, de reproduction et d'adaptation
réservés pour tous pays.

© *Éditions Grasset & Fasquelle, 2024.*

À mes filles

Elle se souvint d'un Peter Pan qui vivait – disait-on – chez les fées. On racontait d'étranges histoires à son propos. Ainsi, on prétendait que, lorsque les enfants meurent, il les accompagne un bout de chemin pour qu'ils n'aient pas peur.

(...)

Dans son sommeil, Mme Darling eut un rêve. Elle rêva que Neverland était tout près. Un étrange garçon en était sorti. Il ne l'effrayait pas, parce qu'elle l'avait déjà vu sur le visage des femmes sans enfant. On l'apercevait aussi parfois sur le visage de certaines mères.

J. M. Barrie, *Peter Pan.*

« J'ai longtemps hésité avant d'entreprendre le récit de mon voyage à W. Je m'y résous aujourd'hui, poussé par une nécessité impérieuse, persuadé que les événements dont j'ai été le témoin doivent être révélés et mis en lumière. »

Georges Perec, *W ou le souvenir d'enfance.*

PROLOGUE

L'odeur la prit à la gorge. Elle imprégnait les murs et les plafonds. Le néon cassé se réveillait parfois, hoquetant puis s'éteignant en syncopes erratiques. Dans un local bien éclairé, l'effluve eût été différent : moderne, net, aux arômes définis, une puanteur rassurante, en quelque sorte. Ici, elle l'enveloppait, l'inquiétait aussi, laissait toujours imaginer le pire – quel liquide lui collait aux semelles ?

Elle était descendue avec l'intention de jeter son manuscrit à la poubelle.

La jaune, bien sûr : celle des déchets légers, de ce qui n'est pas mort puisque recyclable et promis à une nouvelle vie – magazines, cartons, bouteilles en plastique, emballages colorés. Y laisser son manuscrit, c'était lui promettre un voyage, peut-être serait-il broyé pour redevenir cahier, croquis, dessins, tracts publicitaires ou bien livre, le livre d'un autre mais pas le sien, car il était hors de question que son manuscrit vît le jour, personne ne devait le lire – pas même elle.

Ce manuscrit lui faisait mal. Il fallait s'en débarrasser.

En ouvrant le couvercle jaune, l'écœurement la saisit de nouveau. Elle avait beau séparer consciencieusement cartons et emballages des déchets organiques, le tri des ordures était un vœu pieux au sein de la résidence : tous les bacs y débordaient sans distinction, les jaunes, les verts, et même les noirs pour le verre. Ils se dressaient devant elle. Déesses obèses et ricanantes.

Et elle se tenait là, son manuscrit à la main.
Un titre y était inscrit : *Le Livre de Mê-Linh*.

C'était le prénom de sa fille, morte quinze jours après sa naissance.

Le texte l'avait accompagnée tout au long de son congé-maternité, elle s'était abîmée dans son écriture, comme les mères s'abîment sans compter, tétées toutes les deux ou trois heures, couches, selles, pleurs, couches, urines, pleurs, re-tétées, jours et nuits confondus, le temps dilaté, rétréci, entièrement dirigé vers une seule obsession : le bébé. Mais quand on n'était pas fichue de revenir de l'hôpital avec un bébé vivant, on se retrouvait le ventre vide, les bras ballants, les seins encore douloureux d'un lait qui ne serait jamais bu.

Elle s'était alors transformée en femme-seiche – la seiche crache de façon régulière de l'encre pour masquer sa fuite et c'était bien son but, cracher de l'encre et des mots pour fuir, pareille à ce mollusque informe capable de disparaître à la vue d'autrui.

La femme-seiche était devenue experte en camouflage. Elle gardait la face auprès de son compagnon, le père de ses filles, elle organisait les anniversaires et les sorties au parc, elle suivait scrupuleusement ses séances de rééducation. C'est important de veiller à son périnée pour éviter les descentes d'organes, avait dit le gynéco, *imaginez des ailes de papillon, maintenant, vous êtes un bateau sur l'eau, là, imaginez que les parois du vagin sont des portes de saloon, ouvrez et refermez les portes du saloon*, et quand la sage-femme qui pratiquait ces séances de rééducation lui avait dit, vous pouvez venir avec bébé, elle avait répondu, non pas la peine, je viendrai seule, le bébé est mort.

Il fallait se lever tous les matins, même si aucun pleur de bébé ne la tirait de la torpeur chaude de la couette. Alors elle se levait pour écrire. Elle écrivait fébrilement, le visage éclairé par la lumière bleue de l'ordinateur. Elle se raccrochait aux mots, ils lui donnaient l'illusion que le bébé était là. Elle tapait frénétiquement sur le clavier et les phrases jaillissaient, incontinence verbale ou plutôt diarrhée-logorrhée, ça sortait en spasmes douloureux, ça poussait, ça creusait, ça lacérait comme les contractions de l'accouchement. Elle écrivait en cachette, fermant brusquement son écran dès que son mari rentrait, dissimulant le fichier Word derrière une partie de Candy Crush ou un article Wikipédia.

Elle était là, physiquement, mais dans sa tête, elle errait dans le Pays de Nulle Part. Elle était géographe du néant, cartographe du vide, et son guide de voyage, c'était ce texte, cette lettre adressée à la Terre entière pour annoncer que son bébé était mort. Elle qui, de sa grossesse n'avait rien dit, ni à ses amis, ni à ses cousines, ni à ses collègues. Elle l'écrivait désormais, elle chercherait des éditeurs pour porter son message, les éditeurs servent à ça, la preuve, elle était tombée sur le livre d'un éditeur-écrivain qui avait lui aussi perdu son bébé, alors elle s'était dit, formidable, deux pour le prix d'un, un éditeur et un parent de bébé mort, ils pourraient monter un cercle de parole, quelle sacrée aubaine d'être tombée par hasard sur le nom de ce type, elle lui avait donc écrit, elle passait son temps à écrire des lettres aux éditeurs, mais aussi aux écrivain.e.s parents d'enfants morts. Elle entassait les lettres dans un coin. Et puis elle les jetait.

Elle avait imprimé le texte, et l'avait fait relier. Mais impossible de le relire. Ça la faisait vomir.

Elle avait caché le manuscrit entre deux vieux pulls troués. Les mites colonisaient son armoire mais boudaient le manuscrit, lui préférant ses pulls de laine. Dieu sait pourtant qu'elle les traquait, le regard fixe sur les plafonds blancs, les murs, les placards, et bam, elle les écrasait entre ses mains, contemplait avec satisfaction leur cadavre entre ses paumes. Les mites textiles étaient dorées et claires, plus petites et plus vives que les mites alimentaires, noires, grasses, poussives, faciles à trucider, elle les tuait toutes, sans discrimination, et bam, une autre, et encore une autre, un massacre ! Parfois, les plus grasses laissaient un dépôt blanc, il s'agissait certainement de mites enceintes qui s'apprêtaient à déposer leur cargaison d'œufs dans les plinthes ou les placards, et alors elle jubilait d'avoir tué la mère-mite enceinte : bien fait pour sa gueule, la salope.

Si elle avait pu, elle aurait aussi tué les bébés mites, ceux qui mangeaient la laine en laissant de longues traînées sur ses pull-overs, telles celles du nourrisson sur l'épaule de la mère allaitante, oui, elle voulait tous les exterminer, sans pitié.

En attendant, elle espérait que les mites s'attaquent au manuscrit. Le grignotent, petit à petit. Mais il restait intact. Toujours là, dans son armoire, à la guetter, à l'observer.

Elle voulait tourner la page. Oublier qu'il y avait eu un bébé mort.

Il fallait reprendre le travail mais elle n'avait pas envie d'être la-fille-au-bébé-mort (elle était restée très floue sur les événements, n'avait rien révélé de sa grossesse, les collègues croyaient donc qu'elle avait été malade, un burn-out, une dépression, des motifs d'absence socialement moins gênants qu'un congé maternité avec enfant mort, elle se sentait mal, rapport à la Sécu, à la RH, elle avait l'impression d'avoir abusé, profité du système : un congé maternité sans maternité, c'était le pompon).

Le jour de son retour au bureau, elle avait déjeuné avec un confrère dans une saladerie très chère : il avait commandé un truc orange saveur carotte, elle, un machin détox vert avec des épinards et des avocats – imbuvable. Il venait de sortir un livre et avait évoqué un salon littéraire où il s'était retrouvé à côté d'une autrice qui avait écrit sur un enfant mort.

« C'est d'une indécence, tu ne trouves pas ? Écrire sur la mort d'un enfant, et de son enfant, qui plus est ! »

Elle avait pensé au Texte-Du-Placard. Elle avait abondé dans son sens. Oui, c'était vraiment dégueulasse. (Le cocktail épinards, tout comme écrire sur un enfant mort.)

La personne qui avait écrit sur son enfant mort était de surcroît très pénible selon son collègue, plombante même, *oh là là, quelle déveine de se taper cette bonne femme comme voisine de stand*, le collègue aimait bien la compagnie des dames *mais celle-là, bonjour*. Et elle, tout en sirotant son cocktail épinards-avocats, avait opiné de la tête, craignant de devenir elle aussi ce genre de bonne femme, catégorie plombante, à fuir comme la peste, la maboule, la dérangée, personne n'aimait les gens malades, endeuillés ou handicapés : non seulement ils étaient barbants, mais de plus culpabilisants, et puis moches avec ça, la douleur enlaidissait, creusait les rides ou empâtait, oui, bon Dieu, ce que les gens tristes étaient moches, moches à un point ! Tout le monde préférait la compagnie des personnes belles, drôles, spirituelles, en bonne santé, le malheur est contagieux comme la rougeole, tout le monde sait ça.

Avait-elle envie de faire partie de ce club pourri des handicapés de l'existence ? Non.

Quand elle était revenue dans le monde des vivants, elle avait décidé de repartir du bon pied. Détox. Pensée positive. Faire son deuil, comme ils disent. Bref, se débarrasser du Texte-Du-Placard. Elle était allée le rechercher parmi les pulls mités. Elle avait enfilé des sandales et un imperméable sous lequel elle l'avait dissimulé. Elle avait pris l'ascenseur, le Texte-Du-Placard faisait une bosse sous le tissu.

Direction : le local poubelles.

Elle se sentait mal tout de même. C'était une chose de jeter le Texte-Du-Placard parmi des journaux, des cartons, des emballages, dans une benne jaune de riches écolos.

Mais avec du poisson pourri…

Tous les autres bacs étant pleins, elle se résolut donc à y jeter le manuscrit.

Et ne put s'empêcher d'avoir le cœur serré, quand la page de garde, où figurait le prénom de sa fille, se macula d'une giclée de sauce brune.

Elle avait mis son bébé à la poubelle.

Elle referma le couvercle jaune.

Cette nuit-là, elle rêva qu'un chien appâté par l'odeur déchiquetait à coups de crocs le Texte-Du-Placard.

I

MORT, MODE D'EMPLOI

« C'est Hécube qu'on a trouvée parmi les tombes de ses enfants, agrippée à leurs tertres et donnant des baisers à leurs ossements (…) Elle, avec un rauque grognement, cherche à mordre les cailloux qu'on lui lance, et, la bouche ouverte, prête à dire des mots, elle aboya, quand elle essaya de parler. »

Ovide, *Les Métamorphoses*

Le chien de George W. Bush

« Barney, le chien de George W. Bush, est mort le 1er février 2013. Soit exactement 28 jours avant la naissance de ma fille, Mê-Linh. Et 43 jours avant son décès. »

En ce moment, elle collectionne les nécrologies de 2013 : elle les classe par jours, avec une petite notule. Aujourd'hui, celle de Barney.

Barney était un scott-terrier à poils longs et noirs. Barney était célèbre. Sa vie fut suivie en direct par l'Amérique entière grâce à la *dog-cam* de la Maison-Blanche. George W. Bush aimait beaucoup Barney.

« RIP Barney ! », « Cours libre, en paix et en bonne santé, cher Barney. Nous te retrouverons de l'autre côté de l'arc-en-ciel ». Il y a des cœurs, des XOXO, des émoticônes avec des larmes.

George W. Bush écrit relativement peu sur sa page officielle Facebook. À la date du 1er février 2013, la photo de

Barney, avec ces deux dates – 2002-2013 –, rencontre plus de succès que celle de sa rencontre avec des activistes birmans en janvier 2013. 68 384 personnes « aiment ça », 9 945 ont commenté, 11 354 ont partagé.

Voici le message que George W. Bush a partagé sur sa page.

« Laura et moi sommes tristes de vous annoncer que notre scottish terrier Barney est décédé. Le petit bonhomme souffrait d'un lymphome et après douze ans et demi de vie, son petit corps n'a pas pu combattre la maladie. Barney et moi, nous aimions sortir dehors. Il aimait m'accompagner quand j'allais pêcher au ranch. C'était un sacré chasseur. À Camp David, son activité favorite était d'aller chercher les balles de golf sur le green. Il gardait l'entrée Sud de la Maison-Blanche, comme s'il était un agent des Services secrets. Il se baladait dans les couloirs de la West Wing, quémandant des friandises à ses nombreux amis. Il a guidé de nombreux Américains lors de tours de la Maison-Blanche. Barney a salué des reines, des présidents, des Premiers ministres. Il était toujours poli et n'a jamais sauté sur leurs genoux. Barney a été à mes côtés pendant huit ans à la Maison-Blanche. Il n'a jamais parlé de politique et il a été un ami fidèle. Il va nous manquer, à Laura et à moi. »

Au total, George W. Bush aura posté soixante-cinq photos de Barney. Sans compter les nombreuses toiles qu'il a peintes de feu son chien, exposées dans un musée.

De sa fille défunte, elle n'a que vingt-quatre photos. Aucune peinture : seulement l'empreinte d'un petit pied et d'une petite main, en peinture bleue. Elle n'a rien partagé sur sa page Facebook. Sa fille n'a pas même eu droit à un faire-part. Il eût fallu à la fois annoncer une naissance et un décès. Idem sur Twitter. Qu'aurait-elle dit à ses *followers* ? « Notre fille Mê-Linh G est dcd. Hémorragie cérébrale. Elle avait 15 jours. RIP. #myheartwillgoon. »

« Barney et moi aimions sortir dehors. » Mê-Linh n'était quant à elle jamais sortie de l'hôpital. Son univers s'était limité aux neuf mètres carrés de la chambre 14, en réanimation néonatale.

Barney, qui courait derrière les balles de golf sur le green, accompagnait George W. à la chasse, gardait la porte de la Maison-Blanche comme un agent secret, saluait reines et présidents, avait eu une vie mille fois plus passionnante que la brève existence de sa fille. Bush et son chien avaient partagé des moments (parties de pêche, parties de chasse, golf) bien plus diversifiés que les leurs (changer la couche, caresser le dos, toucher la plante tendre du pied).

Mais alors que faisait-elle dans la chambre 14, en tête à tête avec sa fille ? Eh bien,

je la regardais. Je la buvais, je la mangeais, je la respirais, avec mes yeux. Parfois, l'infirmière me la posait délicatement dans les bras. Peau contre peau. Précautionneusement. Il fallait faire attention de ne pas trop tirer sur les fils. Ouvrir sa chemise. Trouver un petit coin où la nicher. Me tordre le cou pour la contempler. Je sentais son petit corps palpiter contre le mien. Nos deux cœurs battre à l'unisson, donnant le tempo d'une mystérieuse symphonie. Je caressais son dos à la ligne sinueuse, le dessin de sa colonne aux vertèbres pointues imprimait son relief contre mes doigts. Je la guettais : à l'affût de ces moments fugaces et merveilleux où, parfois, l'un de ses yeux s'entrouvrait, petit puits de lumière noire qui tentait de se diriger vers moi. Je sentais le duvet soyeux de ses épaules. Sa tête ronde, les os du crâne glissant vers la tendre fontanelle et l'incomparable douceur de ses cheveux. Son odeur crémeuse. Et ces quelques fois où elle m'a offert un « sourire aux anges ». Ce sourire bouleversant des tout petits, envoyé en l'air, au rien.

« Barney a eu une belle vie », disent souvent les messages de sympathie qui affluent vers les Bush.

Sa fille ? Quinze jours. Est-ce que cela pouvait être considéré comme une vie, une belle vie ?

Sur chien.com, Danielle M, cani-consultante, évoque les trois phases de deuil : choc, dépression, consolation – et met en garde contre la tentation de « négliger les autres animaux de la maison ». « Tout animal chéri disparu est irremplaçable », explique-t-elle, martelant qu'il ne faut pas se précipiter vers l'achat d'un autre animal avant d'avoir fait son deuil, sous peine, pour le nouveau venu, de souffrir du syndrome du « chien de remplacement ».

Sur cimetière-animalier.net, on peut « honorer son animal disparu avec le plus grand respect ». 2013 a connu son lot de défunts, et d'autres photos sont venues garnir la galerie « Animaux ajoutés ».

Moka, chiot noir au museau écrasé, a une tombe virtuelle « fleurie » d'images de roses, chrysanthèmes et autres muguets avec cette épitaphe :

« Mon petit bébé tu me manques terriblement, chaque jour qui passe sans toi me déchire le cœur, tu étais encore un bébé je n'ai pas compris ta disparition et la douleur est immense. Tu étais devenu ma vie, le déclencheur de mon sourire, je me suis éteinte le jour où tu m'as quittée. Je t'aime et t'aimerai toute ma vie, jamais je ne t'oublierai. Bébé Moka, mon joli, ma bêtise, mon amour, mon loulou. Je n'arriverai jamais à te dire adieu. Au revoir, mon cœur, repose en paix, sois toujours auprès de moi. »

Le nourrisson humain est moins adapté à la survie que le bébé chien. La plupart n'étaient pas baptisés au Moyen Âge. Ils mouraient par paquets. On n'avait pas le temps de s'en préoccuper. La vie d'un nourrisson avait une valeur marchande inférieure à celle d'un poulain ou d'un veau. Montaigne évoquait avec désinvolture « tous ces enfants morts en nourrice », ne sachant plus exactement combien d'entre eux étaient restés au caveau. Selon certains historiens, l'attachement aux enfants n'est apparu qu'avec les romantiques, et la baisse de la mortalité infantile.

Tout pouvait se résumer à une simple fonction mathématique corrélée avec un taux de décès et de natalité. Quand vous aviez dix à quinze enfants, forcément, vous ne pouviez pas faire de chichis quand une poignée d'entre eux mouraient.

L'amour maternel, et son corollaire, cette infinie tristesse liée à la perte, n'étaient-ils qu'une construction sociale et historique ? Que savait-on au juste de ces mères du Moyen Âge ? Rien ou si peu. Elles étaient certes habituées à la fatalité, à la mort, au tragique. Elles savaient, qu'à donner naissance, elles pouvaient y perdre la vie. Et leur enfant aussi. Mais se résignaient-elles vraiment à cette fatalité ? Où était-elle, la voix de ces millions de mères qui jadis avaient souffert ?

Ces sœurs de douleur étaient toutes Rachel dans la Bible. « Écoutez, à Rama on entend des plaintes, des pleurs amers : c'est Rachel qui pleure à cause de ses fils ; elle refuse d'être consolée, parce qu'ils ne sont plus. » Rachel erre dans un voyage sans fin, tentant de retrouver ses enfants perdus. Elles étaient Hécube. Si folle de douleur qu'elle est punie et transformée en chienne.

Avec le temps, va, tout s'en va. Cette chanson de Léo Ferré est souvent jouée lors des enterrements. Léo Ferré l'a écrite suite à la mort de Pépé, son singe.

« Prends un chien ! », disent souvent les âmes charitables aux veufs ou aux veuves.

Après la mort du chien de Michel Houellebecq, Clément, un journal titra « LE MONDE LITTÉRAIRE PLEURE CLÉMENT ». Clément était aussi célèbre que Barney. Il avait une page Wikipédia. Au *Figaro* qui lui demandait s'il adopterait un autre chien, Michel Houellebecq avait répondu : « Le temps de deuil peut être plus ou moins long. Pour le moment, c'est hors de question. »

« Pour le moment, c'est hors de question » : c'était ce qu'elle avait dit au gynécologue évoquant la possibilité d'une nouvelle grossesse.

Elle eût perdu un chien, il eût sans aucun doute été plus facile d'en parler.

La princesse Kate

À côté du classeur vert contenant les nécrologies, il y a le classeur rouge : elle y tient le compte méthodique des naissances prévues pour 2013.

Ces bébés à venir sont autant de compagnons de jeux virtuels pour sa fille. Bien sûr, tandis que Mê-Linh resterait le bébé des limbes, eux se mettraient à quatre pattes, puis marcheraient en 2014, iraient en maternelle en 2016, perdraient leurs premières dents vers 2019, se harnacheraient d'appareils orthodontiques vers 2023, danseraient à leurs premières boums en 2025, passeraient leur bac en 2031, leur permis en 2035, travailleraient de 2036 jusqu'à leur mort.

La liste des bébés 2013 était très fournie. Les médias se gavaient de célébrités enceintes. C'était un défilé de ventres triomphants. Grâce à la technologie et aux flux d'informations continus se déversant sur Twitter et autres canaux modernes, il était possible de surveiller semaine après semaine, jour après jour, heure par heure, l'évolution des fœtus/embryons/bébés millésimés 2013. En ce printemps 2013, la grossesse qui affolait la planète entière était royale : celle de Kate Middleton. Celle-ci avait été difficile, la princesse souffrait d'*hyperemus gravidarum*. Comprendre : elle vomissait non-stop. Ce qui lui avait valu une hospitalisation à deux mois de grossesse, en décembre 2012. Quand Buckingham avait communiqué, les tabloïds étaient déjà sur le pied de guerre. Deux animateurs australiens avaient réussi à obtenir des détails en se faisant passer pour la reine d'Angleterre et le prince Charles auprès d'une infirmière, qui, mortifiée d'avoir violé le secret médical suite au canular, s'était pendue trois jours plus tard, laissant deux enfants adolescents derrière elle.

Quel horrible drame, s'était-elle dit, à Paris, en lisant les news et en palpant son ventre : à l'époque, elle avait passé ce fameux cap du premier trimestre mais cachait toujours sa grossesse, par superstition. Elle repenserait plus tard aux orphelins de l'infirmière : eux aussi seraient liés pour toujours à la grossesse de Kate.

La date d'accouchement de Kate Middleton était prévue le 13 juillet 2013. En cette période de crise et de récession persistante, les économistes comptaient sur l'arrivée du bébé royal pour relancer le PIB. Ce serait excellent pour le « moral des ménages ». Marre de la guerre en Syrie, de la hausse du chômage et du réchauffement climatique. Il était infiniment plus plaisant de penser à la naissance du bébé de William et Kate et à la couleur de sa gigoteuse. Au Canada, les autorités avaient décidé d'illuminer les chutes du Niagara en rose ou en bleu en fonction du sexe de l'enfant.

Le 22 juillet 2013, le prince George vit le jour. Il était en pleine santé.

Le 22 juillet 2013, cela faisait 4 mois et 9 jours que son bébé était mort.

Elle ne pourrait échapper aux premiers areuh du nourrisson royal, au baptême en direct commenté par Stéphane Bern où Pippa Middleton, sa tante, scandaliserait les photographes à cause d'une robe trop échancrée. Le petit George grandirait dans *Paris Match* et Yahoo*!* actualités. Elle le verrait en poussette, vaciller sur ses grosses jambes dodues, il serait rouge et chauve, puis moins chauve, il sauterait sur les genoux de son arrière-grand-mère Elizabeth, papi Charles s'extasierait sur ses oreilles décollées témoignant de son ADN royal, puis il irait à l'école, il paraderait en uniforme devant Buckingham, irait à Oxford ou Eton, il serait couronné, un jour, et le couronnement serait suivi en direct sur toutes les télés du monde.

Qui sait, sa fille aurait pu le rencontrer. Lors d'une mission humanitaire en Asie par exemple : les princes comme les princesses adorent les missions humanitaires, sa fille aurait pu devenir une avocate d'Amnesty International. Entre les deux, le prince et l'avocate, le coup de foudre aurait été immédiat. Et vers 2040, ils auraient convolé, Mê-Linh serait tout naturellement devenue princesse.

C'était dommage : sa princesse était aujourd'hui dans une urne.

Fantôme numérique

L'ordinateur, au moins, se souvenait de sa fille. Quand elle tapait le m, puis le e, le prénom Mê-Linh apparaissait dans la barre de recherche de Google. Entre Mélenchon et MétéoFrance. Mê-Linh. La mémoire automatique de Google suggérait ce prénom qu'elle avait écrit tant de fois, sur son ordinateur.

Jadis, on donnait aux nouveau-nés des prénoms usés par le temps. L'enfant était là pour prolonger la lignée. Il prenait le nom du père, voire d'un grand-père mort dans le cas d'un fils, et d'une mère, d'une grand-mère ou d'une tante morte pour une fille. Et cela sur plusieurs générations. Quand les enfants mouraient, le prénom, lui, restait. Tel un oiseau se posant sur un nouvel enfant venu remplir le berceau vide.

Elle avait déjà deux filles avec son conjoint. Mais au compteur aussi, une autre enfant défunte. Un an auparavant, elle avait accouché d'une petite fille morte. Une MFIU (Mort fœtale in utero), à cinq mois et demi de grossesse. On appelle aussi cela « une fausse couche tardive ». Le mot a le mérite de « banaliser » l'événement. D'intégrer la parturiente dans le grand flot des naissances et de leurs ratés. La douleur des contractions lors de l'accouchement était pourtant bien réelle. Mais comme le « faux mouvement » cause un torticolis, comme la « fausse manœuvre » entraîne la catastrophe, la « fausse couche » advenue au terme d'un vrai accouchement aboutissait à cette étrangeté : un bébé tout à fait mort.

À ce micro-bébé, 350 grammes tout mouillé, elle avait donné un prénom d'enfant mort : Stella, à l'image de ces étoiles mortes qui ont explosé depuis des millions d'années mais dont la lumière nous parvient encore. L'officier d'état civil était passé dans sa chambre, et il avait dressé, pour cette ébauche de bébé, un « acte d'enfant sans vie ». Sans vie, telle était son identité.

Et puis elle était tombée à nouveau enceinte.

Au cours de cette nouvelle grossesse, un médecin lui avait parlé de prénoms.

— Ça devrait bien se passer, cette fois, il n'y a aucune raison, hein !

— Oui.

— C'est encore une fille ?

— Oui.

— Alors, surtout, il ne faudra pas lui donner le même prénom qu'à votre autre petite, n'est-ce pas ! Il ne faut pas que ce soit un enfant de remplacement. Vous connaissez Dalí ? Salvador Dalí ? Ses parents lui ont donné le prénom de son frère mort et il ne s'en est jamais remis. Sur son œuvre plane l'ombre de ce frère mort qui ne l'a jamais quitté.

Évidemment qu'elle n'allait pas donner à sa fille le prénom d'un enfant mort ! Celle-là, elle devait vivre, c'est un prénom de vie qu'elle porterait, un prénom vietnamien comme celui de ses grandes sœurs. Mê-Linh.

Un prénom qu'elle pensait rare, mais pas si rare, pourtant. Elle en avait croisé des « Méline » depuis, et chaque fois, elle sursautait d'entendre le prénom de sa morte.

L'espace numérique est moins cruel que le monde réel. Les morts peuvent y coexister avec les vivants. Il arrivait que des trépassés de Facebook « aiment » automatiquement la page de Nike ou Adidas après leur décès, victimes impuissantes d'algorithmes marketing. Souvent, ces mêmes algorithmes vous demandaient si vous souhaitiez accepter comme ami Untel ou Unetelle, pourtant décédé.

In Real Life, IRL, c'est-à-dire hors Facebook, on n'aime pas trop les morts. Ils prennent trop de place, et avec le prix du foncier, c'est un souci. D'ailleurs, on n'enterre plus les morts, on les brûle, ils en sont moins encombrants. Les vivants abhorrent la maladie et la mort. Si on vous demande « ça va ? », ne répondez pas : « Non, j'ai un cancer / Non, j'ai perdu ma fille/ma mère/mon père. »

Internet, lui, accueille tout le monde. Les morts survivent sur les réseaux sociaux, les malades ont des blogs. Jusqu'à ce que leur confession s'arrête, sans prévenir.

On ne meurt jamais vraiment sur la Toile. En vérité, il est même très difficile d'y mourir et d'y effacer toute trace.

La mémoire de monsieur Google était infinie. Tout y était archivé, catalogué, conservé : ça la rassurait.

Déjà, la matière des quinze jours de vie de sa fille s'effilochait, sombrant irréductiblement dans la gangue de l'oubli. Les souvenirs déteignaient peu à peu, ils devenaient flous, leurs motifs moins précis, telle une étoffe trop lavée. Ils se confondaient peu à peu avec la substance molle des rêves. Si seulement elle avait tout archivé ! Elle aurait pu créer un avatar numérique, qui aurait continué de vivre, éternellement. Elle avait d'ailleurs créé une page Facebook pour la petite et comptait lui inventer une vie.

Tous les jours, elle mettait un petit commentaire.

« Les journées commencent à devenir longues. Le soir, la lumière tombe et elle devient violette et bleue. Tu me manques. Maman. »

1 personne aime ça. (Elle).

Le monstre des nuages

Elle fuit le reflet des miroirs. Chez elle, dans les vitrines, dans le rétroviseur. Elle craint de n'y voir qu'une ombre.

Dans une nouvelle de Kenzaburô Ôé, un étudiant devient le baby-sitter d'un fantôme. Il est embauché pour accompagner les promenades d'un père devenu fou depuis la naissance de son bébé, mort-né. Le père est persuadé que le fantôme de son bébé apparaît dans les nuages, sous forme d'un gros poupon difforme. Il l'a appelé Aaktugawa, le monstre des nuages.

Un jour, le père s'énerve parce qu'il marche dans du ciment frais et que son pied y laisse une empreinte. Il veut l'effacer, aucune marque ne doit « imprimer » cette réalité-là, le monde-où-son-fils-est-mort. Pour lui, tout s'est arrêté à l'instant T, celui du décès. Depuis, il est devenu un fantôme. Qui ne peut donc pas laisser d'empreinte de pied.

Elle aussi, elle est ce fantôme qui voyage à la croisée des mondes. Son univers reste pétrifié à l'instant T. Quand des signes fugitifs de la vie d'avant surgissent, elle s'émiette.

Elle n'ose toucher à ces fragiles totems, de peur qu'ils ne s'effritent, à l'image des hiéroglyphes et des momies préservés pendant trois mille ans qui se pulvérisent une fois exposés à la lumière du soleil.

Tous les objets sont des fossiles dans cette périlleuse géologie temporelle. Dans son sac à main, elle n'ose jeter aucune paperasse témoin de ce mois de février. Ni cet exemplaire du *Monde*, en date du 26 février, juste avant qu'elle ne parte à l'hôpital pour accoucher ; ni ce tract publicitaire, froissé dans la poche de l'imper, pour la location d'un tire-lait ; ni le marque-page dans le livre ouvert sur sa table de chevet. Elle hume tous les soirs l'huile à l'amande douce anti-vergetures dont elle se tartinait le ventre. Elle s'entête à porter la même robe, une robe H&M en coton, informe, violette, qu'elle mettait pendant la grossesse et à l'hôpital, celle qu'elle portait le jour de la mort de sa fille.

Elle s'assied précautionneusement sur le canapé et observe le coussin. Là dans le coin.

> C'était là que j'appuyais ma tête et fermais les yeux, perdue dans ce dialogue muet avec toi, ma petite fille dans mon ventre, qui grandissait, qui bondissait, qui dansait, toujours plus vigoureuse et tyrannique.

Elle met la main sur son ventre, interloquée, un ventre désormais vide. Et elle regarde ses bras, stupéfaite, ses bras ballants et vides eux aussi. Et ses jambes flageolent à l'idée de tout ce temps qui va s'écouler, sans plus rien à attendre.

Mortinaissance

Mortinaissance. Elle découvre ce mot sur Wikipédia. Il n'est plus utilisé par les instances médicales qui lui préfèrent celui de mortalité périnatale.

Elle fouille dans un rapport de l'Académie de médecine sur la mortalité « périnatale ». Découvre aussi la « mortinalité ». Celle-ci se calcule annuellement, en rapportant l'ensemble des bébés morts-nés sur l'ensemble des naissances. En 2009, le taux était de 11,9 pour 1 000. Rien qu'en 2009, 9 981 « enfants sans vie » ont été accouchés. De quoi peupler une bourgade. Imaginez, une bourgade entièrement habitée de mini-zombies.

L'Académie de médecine range aussi dans la catégorie mortalité « périnatale » les morts survenues entre zéro et six jours. Là, il y en a dix fois moins. 1,7 pour 1 000. Soit 1 425,8 morts. Il faudrait « arrondir ». Ajouter par exemple un bras à un bébé.

Les morts de moins d'une semaine sont inclus dans la grande famille « mort périnatale ». Pas les morts de plus d'une semaine. La semaine de vie est un cap : en Afrique, il faut attendre sept jours pour que le nourrisson soit nommé et puisse enfin rejoindre la communauté des vivants.

Les bébés ayant célébré leur hebdoversaire ont de bonnes chances de vivre. Dans ce ballet du hasard, ils ont franchi d'un entrechat élégant de danseur le précipice qui les engloutissait vers la mort. Désormais, la gravité statistique les attire vers la vie.

La mort de Mê-Linh, survenue après quinze jours, n'était pas cataloguée dans la « mortalité périnatale ». Elle rentrait, selon l'INSEE, dans la case de la « mortalité infantile ». Mortalité infantile, pouah. Cela sonnait PVD, pauvreté, misère, « Éthiopie meurt peu à peu », la chanson qu'ils massacraient à l'école dans les années 80. Mortalité infantile, ce n'était pas pour elle. Et pourtant. Une assistante sociale vint lui rendre visite pour vérifier qu'elle n'était pas une mère défaillante, un danger pour ses autres enfants. Statistiquement, la mortalité infantile survenait plus fréquemment dans les familles défavorisées. La mort de la petite Mê-Linh l'avait fait basculer dans les foyers « suspects ».

Juste après ta mort, j'ai pensé à cette chose stupide : le Loto. Le sort s'était tellement acharné sur nous, qu'il me semblait possible, voire probable que, dans l'éventualité où nous jouerions au Loto, nous gagnerions la supercagnotte EuroMillions. Évidemment, cet argent m'aurait brûlé les doigts. Je n'aurais pas supporté que le hasard s'avisât de « rééquilibrer » les plateaux de la balance de cette façon (bien entendu, tu sais que cela n'aurait rien rééquilibré). Je me suis torturée sur ce pactole imaginaire. Je me disais que si, avec ce pactole, nous achetions une maison avec piscine, tes sœurs se noieraient dedans. J'étais terrifiée. J'ai préféré ne pas jouer au Loto. Plus tard, j'en ai parlé avec papa, en pensant qu'il se moquerait de moi. Le croiras-tu, il a pensé exactement la même chose. Mais contrairement à moi, il a joué à l'EuroMillions. Il a perdu :)

Je mange de baisers ta petite tête ronde.

Ta Maman.

Forums

Comme les sites de rencontres, les associations et forums sur le deuil pratiquent l'entre-soi. Il ne s'agit cependant pas de s'apparier selon sa confession religieuse ou ses loisirs. Quadragénaire bouddhiste adepte de yoga bikra souhaite partager heures de méditation avec trentenaire sensible à la spiritualité. Guitariste Heavy Metal prêt à faire rugir son instrument pour JF n'ayant pas peur des décibels. Marier les corps est plus simple que de marier les chagrins. En matière de deuil, la segmentation est plus fine et le tri délicat. S'introduire par mégarde dans le mauvais club est passible d'une excommunion en bonne et due forme. Perdre un frère n'est pas perdre sa mère. Une veuve ou un veuf, ce n'est pas une mère ou un père orphelin. Et dans la sous-famille parents orphelins, il faudrait encore faire plein de petits tas, de sous-ensembles, comme dans les cours de mathématiques sur les ensembles et bijections : bébé, enfant, adolescent, adulte.

Soit F la fonction « deuil et chagrin ». Soit x, l'axe des abscisses, l'âge de l'enfant perdu. Soit y=f(x), l'axe des ordonnées, le degré de souffrances. Représentez la fonction.

La courbe aura, on le suppose, une forme de cloche. Quand x, l'âge de l'enfant, est infiniment petit (par exemple que le blastocyte s'éteint juste après sa conception), f(x) tend aussi vers le zéro (on peut supposer que les parents ne ressentent pas grand-chose, ils ne sont pas au courant). Il s'agit d'une fonction gaussienne, qui, dit-on, suit la « loi normale ».

Dans l'échelle des morts, il est communément admis que le bébé (fœtus ?) mort à trois mois de grossesse pèse moins, rapport à la douleur, qu'un enfant mort à la naissance, lequel également, vaut moins qu'un bébé de 8 mois décédé de la mort subite du nourrisson, lequel vaut moins que l'enfant de 5 ans mort d'un cancer qui équivaut en revanche au fils adolescent fauché dans un accident de voiture. La courbe atteindra son maximum au niveau de l'enfance et de l'adolescence, tant il est reconnu qu'il est tout aussi affreux de perdre un enfant en maternelle qu'un lycéen. La compassion diminue au fil de l'âge. Une mère de 90 ans perdant un fils de 60 ans, suscitera moins d'empathie que la même quarante ans plus tôt.

Le nombre d'enfants est un facteur d'inflexion de la courbe. Perdre un enfant unique, c'est pire que perdre une tête parmi une progéniture nombreuse (on lui répétait d'ailleurs, tu as de la chance, tu as tes deux filles, c'est déjà bien, deux filles, c'était vrai, mais c'est les trois qu'elle voulait).

Dans la noblesse du chagrin, les parents f(x) (chagrin maximum) ne se mêleront pas aux f(x) (chagrin minimum). On ne mélange pas les torchons et les serviettes. Les circonstances de la mort peuvent créer des fraternités inattendues :

le chagrin se fait intersectionnel. Ainsi, les morts par suicide peuvent brouiller les frontières entre le groupe « parents », « conjoints », unis dans la même hébétude accablée.

« Ma petite maman est morte, et depuis je suis perdue. »

« Mon bébé est mort subitement à 4 mois, mon cœur saigne. »

« Mon fils a été renversé par une voiture, il avait 18 ans, je ne m'en sors pas. »

Elle patouille dans cet océan de détresse comme dans un bain brûlant. Elle rêve de rencontrer des sœurs de douleur canadiennes, américaines, bretonnes ou ardéchoises. Des jumelles de deuil (enfants nés/morts exactement le même jour/morts de la même pathologie). Elle tape frénétiquement dans les moteurs de recherche, à la recherche de cette jumelle : « infection du placenta » ; « choroamniotite » ; « hémorragie cérébrale de grade 4 ». Les termes médicaux dans son dossier sont sa petite phrase de Vinteuil. Elle jongle avec, en français et en anglais. Il faut étendre le scope de ses recherches à l'international : les bébés meurent aussi bien aux États-Unis qu'en France, fort heureusement.

Elle jubile lorsque sa belle-sœur, médecin, lui donne son mot de passe pour Publimed, lui offrant un accès gratuit à une bibliothèque illimitée de publications médicales, de thèses, d'articles scientifiques. Ah, se plonger dans le *Pediatrics Journal of Medicine* ! Éplucher le sommaire du *Journal des soins palliatifs* !

Elle reste des heures, hypnotisée, sur les forums de deuil consacrés aux bébés. Il faut s'inscrire et montrer patte blanche pour y participer. Noms, prénoms, dates de grossesse, de décès, détails personnels.

La méfiance des administrateurs de ces sites est compréhensible. Leur hantise est la survenue d'un « troll », qui viendrait pourrir l'ambiance. Ici, il faut être bienveillant. Et surtout « ne pas porter de jugement ». Malgré les précautions, il y a toujours des clashs et des gens qui font la leçon. Depuis que le monde est monde c'est la faute des mères, alors imaginez, quand, en plus, elles ont perdu leur enfant !

Les mythomanes représentent aussi un danger. L'odeur du chagrin les attire. Ils ne se détectent pas si facilement, sauf à l'accumulation quelque peu emphatique des malheurs qui les a frappés : une leucémie foudroyante ET une méningite purpura fulminans ET un accident de voiture. Une fabulatrice a raconté la mort de son bébé sur Doctissimo : Antoine toussait, rien de grave, puis on avait découvert une pneumonie qui l'avait fauché en quelques mois ; 1 476 messages dans le forum « Antoine notre bébé cœur ». Les « forumettes » comme elles s'appelaient, y avaient tellement cru qu'elles avaient créé des chaînes de solidarité par mail pour « le rétablissement d'Antoine », des appels à greffe, un véritable Antoine-thon virtuel. Le pot aux roses avait été dévoilé, à la suite d'une alerte des services à l'enfance : la femme avait un enfant, c'était exact, mais elle avait été dénoncée pour maltraitance. Tandis que son petit était enfermé dans sa chambre, en état de malnutrition sévère et baignant dans ses excréments, la femme likait sur Internet les messages de solidarité qui affluaient pour le petit Antoine.

Son objectif : être acceptée dans le forum « prématurés » mais elle craint d'en être chassée, tel un migrant sous la menace d'une OQTF. Dans ce forum, les mamans de « prémas » évoquent leurs inquiétudes concernant leur progéniture – croissance, nourriture, sommeil. Il serait du plus mauvais goût d'y évoquer un bébé prématuré mort comme le sien. Certaines s'y risquent. Leur message reste sans réponse. Parfois, de bonnes âmes corrigent l'erreur d'aiguillage, leur conseillent des forums « IMG, fausses couches ». Où les « mamanges » – un des innombrables néologismes créés dans cet étrange pays – pleurent entre elles.

Oh oui. C'est un drôle de monde, ce monde des « mamanges » et « paranges ». Là aussi, il existe une aristocratie de la douleur. On y compte en « SA », semaines d'aménorrhée, c'est-à-dire le nombre de semaines depuis la date des dernières règles, une mesure employée par les médecins pendant la grossesse pour évaluer l'âge du bébé in utero. Dans leurs signatures virtuelles, les participantes mettent la date de décès de leur bébé et son âge en SA. Elle a assisté à une engueulade virtuelle homérique sur un forum. Dodo57 qui pleurait sa fausse couche à 8 SA avait été remise à sa place par Zoe89, IMG à 24 SA, laquelle assurait que sa douleur n'avait rien à voir avec la sienne. Dodo57 avait été blessée et furieuse. Zoe89 aussi. Certaines trouvaient inutile de se comparer. D'autres exprimaient plus brutalement la vox populi : il existait bel et bien une échelle de la souffrance. Un bébé bien gros mort à la naissance à 39 SA comptait davantage qu'un petit têtard de 8 SA. Quant aux IVG, n'en parlons pas. Une malheureuse venue évoquer son avortement s'était fait lyncher par une horde de mères éplorées. Et les forums spécialisés dans les IVG, ce n'était pas pour les chiens, bon sang (lesquels chiens avaient justement les leurs, de forums) !

Tous ces sites adoptaient une esthétique kitsch avec le rose et le bleu pour couleurs dominantes. Dans « Nos anges au paradis », un petit angelot grassouillet jouait de la harpe.

Comme les mères qu'on croisait à la crèche ou à l'école, les participantes du forum abandonnaient leurs identités pour être juste « Mamandegaspard » ou « Mamandemanon ». Sauf que là, Gaspard et Manon ne jouaient pas dans la cour de récré. Ils étaient morts. Les forumeuses ajoutaient souvent à leur identité numérique un petit décompte, appelé « ticker » : aujourd'hui, cela fait 5 ans 3 jours que Laura est morte. Ou parfois encore le nombre de morts au compteur « Maman de Lou et Yoris, deux petits anges morts à 12 SA et 23 SA ».

« Chers parents endeuillés, venez nous rejoindre ! Ici, aucun jugement, vous serez accueillis sans réserve et avec compassion », promettaient tous les sites.

En réalité, il n'était pas si évident d'intégrer le club.

Certes, elle avait réussi à franchir une première étape en obtenant la bénédiction de l'administrateur du site qui lui avait renvoyé un mail avec un login, un mot de passe lui permettant de devenir « membre actif ».

Elle avait pris le pseudo « mamandemelinh ». C'était ainsi qu'on l'appelait dans le service néonat, mais plus personne ne l'appellerait ainsi. Elle ne rencontrerait pas de mamans à la crèche ou à l'école maternelle qui rentreraient dans leurs portables son numéro sous la fiche contact « mamandemelinh », aucune institutrice ne demanderait à la « mamandemelinh » d'accompagner une sortie scolaire : son identité « mamandemelinh » avait disparu. Sauf sur ce site.

Elle avait rédigé son post comme les autres mamans du forum : du succinct, du factuel. Elle avait attendu.

Et puis rien.

Presque rien.

Quelques réponses du type : « Ton histoire est terrible, rien ne pourra soulager ta peine. Baisers. »

Et puis c'est tout.

Son message fut vite englouti dans les ténèbres du forum, à peine lu par quelques 232 membres, une misère.

Peut-être son message était-il trop déprimant ? Beaucoup de mamans étaient en effet happées dans l'attente d'une nouvelle grossesse, un « bébé espoir ». Comme elle, une année plus tôt, après sa morti-née. Son « bébé espoir », venu après le bébé mort in utero, n'avait pas réussi à vivre plus de quinze jours. Ça la foutait mal. Pas étonnant que les autres mamans la fuient.

Gagner sa place dans le forum demande un investissement de tous les instants. Et une certaine aisance dans l'empathie virtuelle. Naïve, elle pensait qu'un seul message lui permettrait de se faire des copines de deuil. Alors, un peu envieuse, elle se contentait d'observer la fébrile activité de la petite coterie de « serial posteuses », les maîtresses de maison du forum, lesquelles échangeaient des messages depuis longtemps. Elles se fêtaient les anniversaires des décès, terminaient tous leurs messages par des « douces pensées à ton ange », mettaient des smileys partout. Se prodiguaient des conseils. Comment faire réaliser une peinture d'un bébé mort-né ? Quels étaient les bons plans pour se faire tatouer le nom de son « ange » ? Les mille et un trucs pour ne pas rater sa boîte à souvenirs (garder le bracelet, une mèche de cheveux, un doudou, etc.) ?

Ces militantes, cela dit, avaient réussi une chose : l'inauguration d'une journée mondiale du deuil périnatal. Ce serait le 15 octobre 2013, le jour de sainte Thérèse d'Avila. Elles demandaient à tous les participants d'envoyer un ballon dans le ciel. Et d'arborer un signe à leur veste, un petit ruban comme celui du Sidaction, mais bleu et rose.

La mort était devenue leur cause. Leur « ange », leur combat.

Groupes de parole

Elle rêvait d'être admise dans un groupe de parole. Encore fallait-il trouver le bon.

Toujours se posait le problème des ensembles, sous-ensembles, bijections, etc. Les groupes de parole opéraient les mêmes subtils distinguos que les forums sur Internet. Il y avait celui des parents dont l'enfant s'était suicidé. Celui dont les enfants étaient morts à la suite d'une maladie. Celui dont les enfants étaient morts à la suite d'un accident. Celui destiné aux fausses couches, IMG et IVG, c'est-à-dire au deuil périnatal, or, du fait de ses connaissances récemment acquises, elle savait qu'elle appartenait techniquement au club « mortalité infantile ». Elle avait repéré un groupe de parents de bébés morts. Les règles de ce groupe s'étaient infléchies, il acceptait désormais les morts d'enfant de moins d'un an, elle aurait pu postuler. Se doutait pourtant que sa morte, âgée de quinze jours, n'avait aucune chance d'être cooptée. Ce club était en effet plutôt orienté MSN (Mort subite du nourrisson).

En appelant *Allô deuil*, elle avait obtenu le contact d'une psychologue qui coordonnait un groupe « ouvert » spécialisé dans la mort de bébés in utero et autour de la naissance. Ça semblait super. Elle l'avait jointe. La psychologue avait demandé à la rencontrer avec la bénévole qui animait le groupe. Elle s'était préparée comme pour un entretien d'embauche.

Elle avait tellement peur d'être en retard, qu'elle s'était trompée de jour, arrivant avec une semaine et dix minutes d'avance. Dans l'hôpital parisien où la rencontre devait avoir lieu, elle était restée dans la salle d'attente. À sa droite, un jeune couple regardait avec extase leur nourrisson emmitouflé dans un berceau ; à sa gauche, une femme très maigre, vraisemblablement en phase terminale de cancer, avait les yeux perdus dans le vide. Quant à elle, elle s'était assise, le dos bien droit, le périnée contracté, *imaginez que votre vagin est une tulipe qui se referme*… Après une longue demi-heure d'attente, elle avait vérifié le message de la psychologue et s'était rendu compte de sa méprise. Le lundi suivant, elle était revenue. Avec dix minutes d'avance toujours. Et toujours les jambes et bras croisés, le dos bien droit et le périnée contracté, elle avait attendu, *imaginez que votre vagin est une tulipe qui se referme*…

Les deux femmes la reconnaissent immédiatement. Bianca, la psychologue, est blonde et ressemble à une maîtresse d'école. Mirabelle, la bénévole, est une jeune femme souriante, avec une longue queue-de-cheval, et des bottes cavalières, couleur caramel. Un peu trop belle pour être une maman de bébé mort. Ça l'intimide, alors elle donne le change : *je connais cet hôpital, je suis déjà allée plusieurs fois au service des soins palliatifs, il est magnifique.*

Les femmes prennent la direction du jardin. Échangent des politesses jusqu'au bureau où elles sortent leur cahier, assises juste en face d'elle. Bianca et Mirabelle vont prendre des notes.

Et si vous commenciez par vous présenter, par nous raconter votre histoire. Oui d'accord, je ne sais pas trop par quoi commencer, eh bien voilà. Ma fille. Enfin. Avant il y en a eu une autre. Une première morte. Mais c'est pour la deuxième que je viens. Elle s'appelle Mê-Linh. Bouhhhh. « Tenez, les Kleenex sont là. » Elle pleure. Elle se mouche fort. Elle grogne. Elle hoquette. Elle brame. Elle s'obstine à parler, mais avec les sanglots, sa gorge émet les mugissements d'un veau.

Les crayons se lèvent parfois (là, elle craint de les ennuyer), puis griffonnent.

Quelle note va-t-elle obtenir ?

Les deux voix sont douces, compatissantes, pleines de sollicitude.

Mais.

— Nous pensons qu'il est trop tôt pour que vous intégriez le groupe. Aussi bien pour vous que pour le groupe. Qu'en penses-tu, Mirabelle ?

— Oui, je pense exactement la même chose. Là, c'est trop tôt. Beaucoup trop tôt.

— Rappelez-nous dans deux mois pour nous dire comment vous allez. Vous aurez peut-être évolué. Comme Mirabelle, je pense que c'est trop tôt.

— Oui, un petit coup de fil. Juste pour savoir comment ça va. Moi, vous savez, au début, j'avais besoin de rester dans mon deuil, toute seule. C'est violent, un groupe de parole, n'est-ce pas Bianca ?

— Oui, c'est violent, tu as raison, Mirabelle. Rappelez-nous dans deux mois. Voire trois. Vous pourrez peut-être intégrer le groupe plus tard. Mais là, vous n'êtes pas prête, non, pas prête, n'est-ce pas, Mirabelle ?

— Ah non, pas prête, pas prête. Il faut rappeler plus tard. On verra. D'accord avec toi, Bianca.

Au début, elle croit avoir mal entendu. Pas prête ? Mais quand alors ? Mais comment va-t-elle survivre, abandonnée comme une vieille chaussette ?

Dans le silence, elle se mouche. Bruit de trompette encore. Elle tente de se justifier.

— C'est parce que j'ai trop pleuré, c'est ça ? Mais je vous assure, d'habitude, je ne pleure pas. En tout cas, pas comme ça.

Elle insiste.

— Je vous assure, j'ai besoin de parler à des gens qui ont vécu la même chose que moi.

Mirabelle a perdu son fils sept ans plus tôt, une interruption médicale de grossesse à 6 mois. Mirabelle lui sourit avec indulgence, comme si elle parlait à une personne très faible et très bête.

— Vous êtes suivie ? Il ne faut pas rester seule. Il faut que vous voyiez un psy.

Bianca secoue la tête, avec un air un peu triste.

— Allez voir un psy. Après, on verra.

Elle se défend. Avec l'énergie désespérée du mauvais élève tentant de rattraper son contrôle de maths raté. Oui, elle a vu un psy, bien sûr. Même deux, même trois, elle s'était dit qu'il fallait mettre toutes les chances de son côté, tout le monde s'inquiétait de savoir « si elle voyait quelqu'un ». L'une des psys lui avait assuré qu'elle s'en sortait bien. Très bien même. Elle fait tout bien, son travail de deuil. Promis, juré, craché. Elle ne comprend pas la sanction. L'exclusion. La punition. Pourquoi ne veut-on pas d'elle dans ce groupe ?

Elle se sent nulle. Même pas fichue d'intégrer ce club de losers, des parents-ratés-dont-l'enfant-est-mort…

Mauvaise mère qui a perdu sa fille, mauvaise mère qui ne pleure pas correctement sa fille, mauvaise mère endeuillée, trop naze pour être acceptée par d'autres mères endeuillées. C'est sa faute aussi. Quelle idée d'évoquer l'agonie de son enfant. Quelle idiote. Bon Dieu, quand va-t-elle comprendre que ça ne se fait pas d'en parler ? Elle avait bien vu leur réaction, le ohh, apitoyé/horrifié/dégoûté quand elle avait parlé des gasps, lors de l'agonie. La boulette, la boulette.

— Vous avez été traumatisée par cet événement (*i.e*, l'agonie de l'enfant, mais Bianca n'emploie pas ce mot). Il faut que vous le digériez avant de pouvoir en parler devant d'autres personnes.

Mais non, pas du tout, elle n'a pas été traumatisée. Elle en parle tout le temps de l'agonie de son enfant, c'est vrai, mais c'est thérapeutique. Elle veut parfaire ses connaissances scientifiques, voilà tout. Elle a lu des thèses médicales sur les gasps. Des articles américains dans des revues spécialisées intitulés « Le dernier gasp est-il utile ? De l'usage des neuromusculaires bêtabloquants ». Elle a même recontacté un médecin, spécialisé en soins palliatifs, qu'elle avait interviewé deux ans auparavant. Il lui a répondu que les « gasps étaient liés à l'anoxie cérébrale » et qu'il les croyait « non douloureux et non angoissés, mais toujours très impressionnants pour l'entourage ».

— Dans le groupe, certains couples ont dû prendre la décision d'interrompre leur grossesse, vous ne pourrez pas entendre leur histoire.

Elle promet que si, elle pourra tout entendre.

— C'est un groupe d'entraide. Pas seulement de parole. On est là les uns pour les autres. C'est convivial. On pleure, aussi.

Elle promet d'être conviviale. Elle apportera des gâteaux. Une tuerie. Son fondant au chocolat et noix. Elle emportera aussi des jus de fruits bio. Ce sera tellement convivial de pleurer ensemble autour d'une part de gâteau en ravalant sa morve.

— Cela ne vous correspondra pas. Pas maintenant.

Pas maintenant ? Mais alors quand ? C'est maintenant qu'elle veut un groupe de parole. N'importe quel groupe de parole, ça ira. N'importe quel deuil. Même pour pleurer sur un putain de clebs.

Elle insiste à nouveau, implore Bianca du regard, se tourne vers Mirabelle, puis Bianca, et encore Mirabelle. Elle patauge. Et craque. Elle avoue qu'elle voudrait rencontrer des parents qui, tout comme elle, ont vu leur enfant mourir dans leurs bras. La gaffe. La boulette. Rapport aux mamans qui par exemple n'ont pas vu leur enfant mourir dans leurs bras / ont eu un bébé mort à la naissance / ont subi une IMG. La boulette, la grosse boulette. Elle continue à renifler, les yeux gonflés, la morve au nez. Mais les deux dodelinent de la tête. Elle n'est pas prête. Non, c'est vrai Mirabelle, pas prête. Appelez-nous avant l'été pour nous dire comment ça va. On verra peut-être pour cet automne. Ça va aller pour rentrer ? Prenez soin de vous, hein. Non, gardez les Kleenex. Et bon courage. Oui au revoir.

« Comment ça va ? »

C'est la question piège. En y répondant, soit elle se trahit, soit elle la trahit. Si elle dit « oui, ça va », elle a l'impression de tuer son enfant une deuxième fois. Mais dire « non, ça ne va pas, tu comprends, ma fille est morte », ça ne se fait pas.

Alors « oui, ça va ! ». Il est plus poli d'être gaie. Il faut sourire, rire. Il faut être pétillante et sympathique. Il faut boire du rosé à l'apéro. Il faut danser aux soirées dansantes. Parler de l'actualité/de la météo/des résultats du tennis. Il faut poster sur Facebook ou Twitter des petits commentaires drôles, légers et spirituels. Il faut être émoji sourire. Il faut être LOL. Hélas, elle n'est pas très LOL. La mort n'est pas très LOL.

Travail de deuil

Elle lit tout. Du technique, du roman, de l'essai. Elle va à la bibliothèque et fait des recherches avec pour mots-clés « Deuil », « Mort », « Réanimation néonatale », « agonie », etc. Elle passe ses journées sur Internet, toujours avec ces mêmes mots clés « deuil », « mort », « réanimation néonatale », « agonie », etc. Elle tente Twitter, on ne sait jamais. Elle tape #mort, mais Twitter ne propose que #mortauxgays ou #mortauxcapitalistes.

Heureusement Amazon a plein de « recommandations » pour elle. Elle a mauvaise conscience d'utiliser Amazon mais elle n'a pas le courage d'affronter le regard du libraire. « Vous avez consulté récemment *Parents en deuil*. Vous aimerez certainement les articles suivants : *Sortir du deuil et surmonter son chagrin*, de Anne Ancelin, *Apprivoiser l'absence*, de Annick Ernoult-Delcourt, *L'enfant éternel*, de Philippe Forest, *Tom est mort*, de Marie Darrieussecq, *Philippe*, de Camille Laurens, *À ce soir*, de Laure Adler, *Dieu, la mort et le temps*, de Emmanuel Levinas, *La Solitude des mourants*, de Norbert Élias, *Lorsque l'enfant disparaît*, de Ginette Raimbault, *Martin cet été*, de Bernard Chambaz. Tiens,

Amazon ne lui conseille pas *Les vies extraordinaires d'Eugène* de Isabelle Monnin, quel idiot, cet algorithme.

Elle lit, elle pleure, elle lit, elle ne pleure pas, elle lit, et elle repleure. Il y a toujours de nouveaux livres à acheter et à lire. Ouf.

Pour recommencer à vivre, *Parents en deuil* suggère de « commencer petit », de « concentrer ses efforts sur les obligations de la vie pratique : travailler, faire le marché, la cuisine, payer ses factures ». Elle paie ses factures EDF. Elle va à la banque chercher ses chéquiers. Elle paie ses factures Orange. Ça ne va pas mieux. Il faut aussi « recommencer à s'accorder des petits plaisirs ». « Changez de fond de teint, allez chez le coiffeur ou mettez des fleurs sur la table. Les hommes peuvent rapporter une bonne bouteille pour le dîner, s'acheter une nouvelle chemise ou repeindre la porte d'entrée ». Elle propose à son mari de repeindre la porte d'entrée, il décline.

Sur le chagrin et le deuil, de Elisabeth Kübler-Ross, également autrice de *La mort est un nouveau soleil*, lui propose de « se mettre dans la peau d'un détective à l'affût d'indices qui vous aideront à assembler les pièces du puzzle ».

Dans *Sortir du deuil, surmonter son chagrin et réapprendre à vivre* on lui explique que « nous avons tous des deuils non faits qui se sont accumulés au fil du temps. Ils concernent aussi bien la mort d'un être cher qu'une rupture amoureuse, la perte d'un ami, de son pays, d'un emploi, ou bien la perte d'une partie de son corps ou encore la disparition de son animal de compagnie ».

J'ai peur du moment où il n'y aura plus rien à lire. Je dévore ces pages, je m'y abîme, car j'ai (un peu) l'impression qu'entre les lignes, c'est de toi qu'on me parle. J'embrasse tes pieds menus. Maman.

1 personne aime.

Réussir son bébé

Dans la rue, une affiche présentant un adorable bébé de six mois. C'est une publicité pour une marque qui vend tous ces objets aux noms pittoresques : turbulette, maxicosy, coussin d'allaitement, gigoteuse. La publicité dit « Réussir son bébé ». C'est un ordre. « Réussissez votre bébé ! » Achetez-lui le meilleur ! La turbulette Anti-Mort Subite du Nourrisson ! Le cale-tête anti-régurgitation ! La tétine anti-reflux ! Sur l'affiche, le bébé est bercé par une jeune et jolie sportive. (Bien plus tard, elle apprendra sur le forum « IMG fausses couches » que la jeune sportive avait perdu son deuxième enfant au cours du quatrième mois de sa grossesse.)

Elle avait pourtant mis toutes les chances de son côté pour réussir son bébé. Elle avait tout acheté, compulsé tous les catalogues, consulté tous les sites d'avis de consommateurs. Elle était incollable sur les modèles de poussettes – trois roues, quatre roues, modulables, techniques, confort –, les avantages et inconvénients du tour de lit, du plan inclinable, du rétrécisseur, elle avait banni le parabène et le bisphénol A de son quotidien, gobé de la vitamine D (pour la vision), du fer (pour l'anémie), de l'acide folique (pour les risques de *Spina bifida*), avait mangé des légumes (mais bien lavés pour éviter la toxoplasmose), de la viande (mais toujours bien cuite, idem), des laitages (mais pas au lait cru, because listériose), de la vitamine C (pour renforcer le système immunitaire), des oligo-éléments (pour le diabète gestationnel), du magnésium (pour soulager les crampes), de l'Aspégic nourrissons (pour favoriser les échanges placentaires maman-bébé). Elle avait cherché des chiropracteurs (pour préparer le corps à l'accouchement), des acupuncteurs (pour préparer le col), des magnétiseurs (pour accorder le corps et l'esprit). Elle avait barboté dans des bassins de piscine sur des « frites » jaunes ou rouges ou des bouées rondes. Elle avait fait de la sophrologie. De l'haptonomie. Du yoga. Du Pilates. De la méditation. Elle avait chéri chacun de ses désagréments de grossesse, les nausées, les sciatiques, les douleurs lombaires, les douleurs ligamentaires, les douleurs pelviennes, autant de stigmates et de délicieuses flagellations lui permettant de communier avec son enfant. Elle avait banni le morbier/le saint-nectaire/le foie gras/les sushis/les carpaccios/le jambon cru/le saucisson/le rosbif/les pousses de soja/le café/l'alcool/le vin rouge/le vin blanc. Bref, elle s'était préparée à « réussir » son bébé. Leur bébé.

Et à vrai dire, leur petite fille était très réussie. Ses mains étaient fines et parfaites – cinq doigts parfaits aux ongles parfaitement dessinés. Ses pieds longs – cinq orteils parfaits, minuscules mais, eux aussi, parfaitement dessinés. Sa petite tête ronde et ses cheveux résolument noirs, parfaits. Chaque millimètre de ses 45 centimètres et chaque gramme de son 1,4 kilo étaient merveilleux et parfaits.

Mais elle était morte.
Elle n'avait pas « réussi son bébé ».

Obsèques

Il avait fallu organiser les obsèques. Ils étaient revenus à la chambre mortuaire, en « habitués » pour ainsi dire, puisqu'ils avaient déjà rendu visite à leur morti-née en novembre 2011. Ils se rappelaient très exactement la sonnerie, la salle d'attente, les tableaux, les plantes vertes.

Par conscience professionnelle, l'infirmier précisa qu'il était possible d'habiller l'enfant à leur convenance, avec un pyjama pour prématuré, un bonnet, des doudous. Non, ils n'avaient pas prévu un habit mortuaire. La petite avait toujours vécu avec le strict minimum, c'est-à-dire des couches fournies par l'hôpital. C'était encore l'hôpital qui avait fourni à leur fille un petit body rose, pour son « dernier repos », selon l'expression consacrée. Ils avaient précisé qu'ils souhaitaient que la petite fille fût enveloppée du drap imprégné de l'odeur de sa maman ainsi que des deux doudous, un petit ours tout doux et une petite vache beige et rose, qu'avaient choisis ses grandes sœurs. Tout brûlerait avec elle, puisqu'ils avaient opté pour l'incinération.

L'infirmier leur avait tendu une liste avec une soixantaine de noms de prestataires de pompes funèbres. « Appelez-en plusieurs, les prix sont très variables d'une société à l'autre, mais les devis sont gratuits », avait-il précisé. On n'en sortait décidément pas. Non seulement il fallait « réussir » bébé, mais il fallait également « réussir » sa mort.

Ils n'avaient pas le courage de faire une étude de marché des différents prestataires. Ils n'avaient pas envie de choisir le bois/la couleur/les chevilles d'un cercueil.

Ils étaient donc allés sur Internet pour trouver un prestataire en ligne. Ils étaient tombés sur le site « Révolution obsèques » vantant un « service de funérailles low cost ».

En grosses lettres, un message s'affichait : « 789 EUROS, UN PRIX UNIQUE, LE POUVOIR SUR L'ORGANISATION DES OBSÈQUES. DE CHEZ VOUS. EN TOUTE INTIMITÉ. SANS VOUS FAIRE INFLUENCER. »

Des avis de consommateurs en première page disaient tout le bien qu'ils pensaient de la formule. Maxime F affirmait que « tout s'était passé à merveille ! ».

Ce n'est pas la promesse des 789 euros qui les décida (ils étaient évidemment un peu honteux d'envisager des funérailles « low cost » pour leur enfant), mais la reposante perspective de remplir tout en ligne. Cercueil, crémation, démarches, cochez les cases, retenez la formule 1, 2 ou 3, je reconnais avoir pris connaissance des conditions de vente, etc. Un quart d'heure après, un conseiller les appelait. Il n'était pas possible de choisir la formule « low cost all included » pour un enfant, ce n'était pas prévu, au regard de la petitesse du cercueil. Mais qu'ils ne s'inquiètent pas. Il allait, en direct, faire une simulation, d'ici à 17 heures, il enverrait le nouveau devis, adapté taille enfant, sur le mail des parents. Il suffirait de valider et de répondre.

Le cercueil coûtait 399 euros, le capiton et la plaque étaient offerts. Le blanc était la couleur standard. On prévoyait toujours du blanc pour les enfants. Avec le corbillard (240 euros), la crémation et la cérémonie (736 euros), l'urne (70 euros), plus divers autres postes de dépenses obligatoires dont elle n'avait jamais soupçonné l'existence (vacation de la police de Paris, livraison du cercueil, etc.), on arrivait à 1 658 euros et 23 centimes.

Ensuite, il suffisait de se rendre dans une agence. Heureusement, comme tout était validé, devis et facture, pas de salamalecs. Juste remplir les dernières formalités et signer quelques papiers. La dame qui les reçut avait un accent espagnol. Elle ne présenta pas – à leur soulagement – les condoléances d'usage. Elle se contenta de faire les photocopies et de reporter les noms sur les formulaires. Mais la dame se trompa et confondit les mortes : dans le livret de famille, elle recopiait la mauvaise page, celle où était mentionnée l'enfant née sans vie, le 24 novembre 2011.

Comme elle était polie, elle n'osa pas interrompre la dame. On n'avait pas idée d'avoir deux enfants morts, forcément ça portait à confusion ! Elle précisa néanmoins que pour celle-ci, Stella, Acte numéro 1203, l'affaire était déjà réglée. Il fallait que la dame aille à la page du quatrième enfant. Considéré comme un « vrai enfant », pas un « sans-vie », avec un nom de famille, la petite occupait toute la page. La rubrique « acte de naissance » était remplie. L'acte de décès était à inscrire dans le paragraphe « mention marginale », au milieu de la page. En passant ses coups de fil, la dame arrondit l'âge de leur fille à un mois. C'était gentil.

L'urne paraissait cependant disproportionnée. Ils s'interrogeaient d'ailleurs sur la question des cendres : y en aurait-il, oui ou non ? Les informations sur ce point étaient contradictoires. L'infirmier et le conseiller funéraire avaient été formels. Les os d'un bébé n'étant pas suffisamment calcifiés, aucun reste ne pouvait être obtenu. Il fallait donc mettre dans le cercueil un médaillon de pierre, pour garder quelque chose dans l'urne. Sinon, il n'y aurait rien. Rien de rien, même pas de quoi rouler une cigarette.

Dans le cimetière où ils avaient prévu d'incinérer leur fille, une cérémonie spéciale « petit enfant » était proposée aux parents. Tout était minuté de façon très précise, avec une « playlist » et un choix de textes prédéfinis. En l'occurrence, Vangelis pour l'entrée du cercueil, puis Céline Dion, après avoir déposé les pétales de roses, blancs, évidemment. Pour une version personnalisée, il fallait s'adresser au « MC », Maître de Cérémonie. C'était plus cher, mais ils n'hésitèrent pas. On s'adresserait au MC.

Quelle « playlist » choisir ? Ils auraient bien opté pour le concerto en *sol* mineur de Ravel et un nocturne de Debussy, mais ils avaient déjà utilisé ces deux morceaux pour la mort de sa mère à lui, décédée deux ans auparavant, quasiment jour pour jour. Plusieurs morceaux de musique – *Diamonds and rust* de Joan Bez, pas mal de Bach, etc. – étaient ainsi déjà « cramés », car désormais associés à ce décès-là. Elle se dit qu'à ce rythme, ils ne pourraient bientôt plus écouter de musique. Et qu'ils se taperaient Céline Dion et Vangelis à leur propre enterrement.

Le jour des obsèques arriva. Le MC était une MC. Elle était en costume noir, très élégante, elle s'appelait Rachel, était antillaise, discrète et efficace. La salle était étroite, mais la sono plutôt bonne. Le cercueil très blanc et très petit. La MC invita l'assemblée à y déposer une rose blanche. Tous les invités s'approchèrent un à un et déposèrent leur rose. Le cercueil minuscule fut vite envahi, il y en avait beaucoup trop pour sa taille. Les roses cachaient le cadre où figurait la photo de la petite défunte. Ce fut, de l'avis général, une belle cérémonie.

ISO 9001

Le courrier était arrivé la veille.

Les services funéraires de la ville de Paris lui demandaient de remplir un « questionnaire qualité ».

Le questionnaire proposait d'évaluer un ensemble de services. Le conseiller funéraire pour « sa tenue/présentation », ainsi que pour sa « disponibilité/écoute ». Le maître de cérémonie pour sa « courtoisie/écoute », sa « tenue/présentation » et pour ses « savoir-faire/compétences ». Les porteurs sont quant à eux évalués en fonction de leur « ponctualité », de leur « tenue/présentation », de leur « discrétion » et de la « propreté des véhicules ».

À toutes ces questions, il fallait cocher l'une des cases : « très bien, bien, moyen, insatisfaisant. » Ou « Non concerné ».

Les SFVP (Services funéraires de la ville de Paris ») demandaient également les « critères ayant déterminé le choix ». Plusieurs réponses proposées : la recommandation d'un proche, la proximité de l'agence (« le bon sens près de chez vous, le bon cercueil près de chez nous »), la garantie du service public (moi, môssieu, mes enfants iront dans le public, et seront enterrés dans le public, oui môssieu !) et, le fin du fin, « la certification ISO 9001 », le standard qualité utilisé dans l'industrie.

Mais oui, mais c'est bien sûr. Jamais elle n'aurait envisagé pour son enfant des obsèques sans « certification ISO 9001 » !

Messages (1)

Le paquet est adressé à Mê-Linh G. Elle est émue de voir son nom sur le colis. Elle ouvre : une lettre. « Félicitations ! Mê-Linh est née le 27 février et toute l'équipe des Mutuelles X lui souhaitent la bienvenue. » Des cadeaux l'accompagnent. Échantillons de crèmes sans paraben, tétines, bavoirs. Elle est très reconnaissante pour cette attention d'outre-tombe. Même si elle sait qu'il s'agit d'une erreur : le service client n'a pas dû recevoir l'acte de décès. Tous les soirs, elle se tartine de cold-cream bébé sans paraben, ça sent les fesses de bébé après le change, l'odeur la fait pleurer.

Également sur sa messagerie, ce mail.

« Bonjour, Doan Bui ! Vos seins sont de plus en plus lourds, votre ventre est énorme et ça y est, votre bébé peut désormais arriver à n'importe quel moment. Vous avez hâte et en même temps, vous êtes anxieuse. C'est normal ! Votre esprit est envahi d'émotions contradictoires. Pour les maîtriser, faites de petites choses. Rangez votre chambre, préparez celle de bébé, achetez quelques bodies. Et d'ailleurs, avez-vous préparé votre valise de maternité ? Il est important que vous soyez parfaitement sereine pour le Jour J. Pour en savoir plus sur le contenu de la valise de maternité, cliquez ici. Vous recevez ce mail car vous êtes abonnée à la mailing liste infobébés. »

Messages (2)

Un autre courrier, de la CAF cette fois. « Le Service de l'état civil a informé la Caisse d'allocations familiales du décès de votre fille Mê-Ling (*sic*). Pour étudier avec vous le soutien que nous pourrions vous apporter, je propose de vous rencontrer le mercredi 10 avril 2013 à 10 h 00. Si cette proposition ne vous convient pas, si vous préférez un rendez-vous dans nos services, je vous remercie de me téléphoner au 01, etc. Signé P. F. Assistante sociale. »

Elle a peur. La soupçonne-t-on d'avoir secoué son bébé ? Le jour J, l'assistante sociale, une jeune femme aux longs cheveux blonds et leggings panthère, sonne chez elle. Elle lui présente ses condoléances et n'évoque pas le syndrome des bébés secoués. Elle lui assure que la CAF est là pour elle, pour eux, dans ce moment difficile. C'est gentil, merci, c'est dur, c'est vrai, mais que faire, c'est la vie, voudrait-elle un thé, non, vraiment ? Un soutien financier, des aides, non, pas de problème, que la Caf ne s'inquiète pas, oui, peut-être ira-t-elle à la cellule de soutien psychologique, c'est gratuit, en plus, quelle sollicitude, c'est vraiment très gentil, ça fait du bien de savoir que la CAF est là, merci infiniment.

Elle se dit qu'elle a de la chance que sa fille soit morte en 2013. Et en France. Elle n'aura pas à passer par la case « restructurez votre dette, parlez à votre conseiller financier, suite à ce décès, la facture des frais médicaux est arrivée, et vous ne savez pas comment vous en sortir », comme elle l'avait lu dans *Faire face au décès de son enfant*, un livre américain. (D'où il ressort qu'il vaut mieux, financièrement parlant, avoir un enfant tué dans une fusillade dans son école que malade d'un cancer.)

En France, une « charte du respect de la personne endeuillée » a été signée en 2009. Elle stipule que « les personnes touchées par le deuil doivent pouvoir bénéficier d'une attention accrue de la part des entreprises privées ou publiques (…) et de façon générale, de la part de tous les personnels et interlocuteurs mobilisés tout au long de cette période. »

Elle se sent revigorée dans son identité de personne endeuillée. Et du coup, elle est très remontée contre la CPAM (Caisse primaire d'assurance maladie). La CPAM n'a pas envoyé de gentil mot comme la CAF. La CPAM, la Sécu, ou, allez, Ameli, appelons-la Ameli, avec son maudit site www.ameli.fr. Ameli n'en a rien à foutre de Mê-Linh, voilà la triste vérité, et ces derniers temps, Ameli fait tout pour lui empoisonner la vie.

Ameli a bloqué sa carte Vitale depuis le décès de la petite fille. Aujourd'hui, l'hôpital revient à la charge concernant la facture impayée, et brandit la menace d'un défaut de paiement, huissiers, etc., car l'attestation de rattachement de Mê-Linh à la Sécurité sociale ne leur est pas parvenue. Mê-Linh n'est donc toujours pas couverte par la Sécu.

Certainement parce qu'elle est morte. Bref, il leur faut payer les frais d'hospitalisation s'ils ne parviennent pas à fournir le document selon lequel Ameli prend en charge leur enfant. La somme est titanesque. Mais Ameli refuse de couvrir l'enfant, puisqu'elle est morte.

Il faudra l'intervention d'un ami travaillant à la Sécu, c'est-à-dire un piston, pour régler l'affaire. Ameli ne devait pas être contente : la petite n'a vécu que quinze jours, et pourtant, quel prix elle aura coûté !

Messages (3)

Des SMS. Des emails. Quelques messages écrits. Certains beaux et délicats.

Deux mois après le décès de sa fille, elle reçoit un prix prestigieux, une récompense professionnelle. Les SMS et les emails pleuvent. Il y en a tant et tant. C'est gentil. Mais elle ne peut s'empêcher de noter l'étonnante disproportion entre les messages de bravo et les condoléances qu'elle a reçues. La mort crée le silence. Les silences. Les « n'enparlonspas-çaluiferaitdelapeine ». Les euphémismes. On lui dit « depuis votre problème » (oui, effectivement, c'est un problème que notre fille soit morte, un gros problème, même). Voire les brusqueries, comme ce cri du cœur d'une de ses connaissances : « Ah ben bravo, c'est gai, tout ça. »

C'est au Canada que la récompense doit lui être remise. Depuis le décès de sa fille, c'est la première fois ou presque qu'elle sort de chez elle. Une grande cérémonie l'attend. Tout le monde la congratule. Tu dois être si heureuse, oui, je suis heureuse, si heureuse, je nage dans la félicité si tu savais, cette récompense, quel bonheur, quelle extase, je n'ai jamais été aussi heureuse, merci tout le monde, merci la vie, c'est merveilleux, c'est fabuleux, la vie est belle, enjoy, surtout, enjoy le moment présent. Après avoir reçu son prix, elle se précipite aux toilettes, elle saigne et une douleur affreuse lui tord l'utérus : retour de règles. Le déplacement dure plusieurs jours. De Montréal, un bus emmène leur délégation à Québec. La voilà dans une excursion en bateau où les serveurs portent des perruques Louis XIV et des costumes pleins de franfreluches, ils offrent toasts, crevettes et verres de Malibu, elle est assise à côté d'un diplomate, plein de gens avec l'accent de Céline Dion, tout le monde rit et parle fort, elle a la nausée, se précipite sur le pont et vomit par-dessus le bastingage. À l'aéroport, avant de prendre l'avion du retour, elle se gave d'un whooper Burger King, n'est pas loin de dégobiller. Un nourrisson pleure derrière elle – ce miaulement des tout-petits bébés lui lacère le cœur.

Une amie de la famille appelle pour la féliciter. Pourtant au courant, l'amie ne s'était pas manifestée à la suite du décès et n'a toujours pas envie d'en parler. Elle oui, tant pis, elle évoque donc la mort de la petite, ce télescopage absurde, mais l'amie botte en touche, refuse d'en faire un sujet et enchaîne : « *C'est fabuleux ce prix, alors raconte, ça tombe tellement bien, vraiment bien, la vie c'est chouette tout de même, c'est merveilleux, c'est positif, tu dois te sentir très fière.* » Rabat-joie, elle revient à la charge, sa tristesse, l'absence, etc. « *Ce serait dommage tout de même que ça ternisse cette récompense* », dit la voix à l'autre bout du téléphone.

Messages (4)

Aujourd'hui, lundi 3 juin, 8 h 50, elle reçoit ce mail, certainement envoyé d'un cybercafé en Côte d'Ivoire. C'est un « pourriel », un de ces innombrables messages vous promettant l'amitié/l'amour/l'argent.

Bonsoir

Excuse moi pour le dérangement, je voudrais faire votre connaissance et lier une amitié sincère avec vous.

Cela ne saurais arrivé que si chacun de nous accepte d'apprendre à connaître l'autre. Merci et prière de me répondre sous peu.

Mes sincères salutations,

Marie Awate Miriam

Elle répond :

Chère Marie Awate Miriam

Il n'y a pas de dérangement. Oui, bien sûr, je souhaite recevoir cet héritage de 1 million d'euros à condition d'envoyer un acompte de 1 000 euros sur Western Union, et au fait, le saviez-vous, ma fille est morte il y a deux mois. Oui, je veux nouer une amitié sincère, et au fait, le saviez-vous, ma fille est morte il y a deux mois, et si vous acceptez d'apprendre à me connaître, il faudra la connaître aussi, ma fille, même si elle est morte très vite. Merci et prière de me répondre sous peu,

Sincères salutations.

Allô le Ciel

Allô le Ciel est le portail de « la fin de vie et du deuil ».

Dans la rubrique Éphéméride : les personnalités mortes un 13 mars, comme sa fille. En l'occurrence Jean Ferrat et Louison Bobet. Il y a aussi une rubrique « Avant » : tout ce que vous avez toujours rêvé de savoir sur le don d'organes, la maladie d'Alzheimer, les maisons de retraite. Une rubrique « Pendant », qui donne le prix des cercueils (un cercueil en bois massif coûte en moyenne entre 800 euros et 3 000 euros ; le cercueil en carton varie entre 100 euros et 600 euros), et conseil, pour « éviter les mauvaises surprises » car « tout est payant, même la moindre petite vis », de ne pas hésiter à demander le « cercueil 1er prix ».

Les QR codes ont désormais investi les cimetières. D'après *Le Monde informatique*, une société anglaise de pompes funèbres propose ce service aux familles de défunts pour 300 euros et, selon l'article, « les pierres tombales interactives font un tabac ». Le codes-barres est apposé sur la pierre, et si vous passez votre smartphone dessus, s'ouvrira un site ou un « wall funeste ».

J'ai écouté les *Kindertotenlieder*, de Mahler. Ils ont été composés sur des poèmes de Friedrich Rückert qui avait perdu ses enfants.

« Par ce temps, par cette horreur,
Jamais je n'aurais envoyé les enfants dehors.
J'étais inquiet qu'ils ne meurent demain ;
Maintenant, je n'ai plus à m'en inquiéter. »

Alma Mahler était furieuse que son mari ait composé la musique de ces textes horribles, alors que leurs enfants étaient en pleine santé. Plus tard, ils perdront une petite fille, Manon. Je suppose qu'elle n'a plus jamais écouté les *Kindertotenlieder*.

J'embrasse ton petit nez,
Maman.

« Perdue »

« J'ai perdu ma mère/mon père. » La formule est banale. Mais « J'ai perdu ma fille ». Quel parent, sinon indigne, peut « perdre » son enfant ?

Perdue. Comme tous les parents, elle avait la hantise des centres commerciaux/fêtes foraines/gares/stations de métro, bref, tous les endroits où elle eût pu « perdre » l'une de ses filles, par manque de vigilance. Elle serrait leurs petites mains potelées, hurlait si l'une d'elles s'échappait ou partait un peu trop loin.

Elle avait perdu Mê-Linh. Elle n'avait pas su faire attention. La petite fille errait quelque part loin d'elle, toute seule, dans le noir, à la dérive vers l'inconnu, sans personne pour la protéger. Perdue.

Perdre son enfant. Quel parent ne frémit pas devant *Le Petit Poucet* ? « Le Père et la Mère les menèrent dans l'endroit de la Forêt le plus épais et le plus obscur, et dès qu'ils y furent, ils gagnèrent un faux-fuyant et les laissèrent là. » Elle pense à la peur du Petit Poucet et de ses frères. « La nuit vint et il s'éleva un grand vent qui leur donnait des peurs épouvantables. »

Et elle se souvient. Leur retour à la maison le 13 mars 2013, après l'avoir « perdue ». Et le 14, et le 15 et tous les jours qui allaient suivre. Ils ont mangé. Ils ont continué à vivre, à sourire, à rire même, parfois. Ils avaient eux aussi laissé leur enfant seule dans la Forêt Obscure, dans l'horrible Néant.

Ma puce,

J'ai trouvé sur Internet un site qui vend des petits bracelets en caoutchouc à porter sur soi, personnalisables : on peut y imprimer tous les numéros de téléphone à prévenir en cas de pépin. Je vais en acheter pour tes sœurs. Pour toi, évidemment, ma chérie, c'est trop tard. Je t'ai « perdue ». Cela me fend le cœur de savoir que, là où tu es, personne ne peut nous appeler pour nous dire comment tu vas. J'embrasse tes petites épaules velues et si douces. Maman.

1 personne aime.

La photo

Dans toutes les maisons vietnamiennes, on honore les morts de la famille devant l'autel des ancêtres. Dans la maison de ses parents, il y a ce couple austère, les arrière-grands-parents, morts de la peste, paraît-il, à Saigon. Le grand-père paternel qu'elle n'a jamais connu. Et ceux dont elle se souvient bien : *Bà nội*. *Ông ngoại* et surtout *Bà ngoại*.

Sur l'autel des ancêtres, elle n'avait vu que des photos de vieilles personnes. Jamais de jeunes. Encore moins d'enfants.

Le jour des obsèques, elle était allée développer les photos de Mê-Linh dans une boutique du quartier chinois. Parmi les photos, l'une avait été prise le jour où Mê-Linh était morte. Elle se souvenait exactement du moment, juste après qu'on lui avait retiré le serpent de plastique qui pénétrait sa bouche jusqu'au tréfonds de sa gorge. La petite fille avait encore, tout près de son nez, une infime trace de colle blanche, due au pansement qui maintenait le tube. Elle s'était dit, ah, il faudrait enlever cette trace, puis la petite avait ouvert les yeux, des yeux émerveillés et ahuris, comme si elle découvrait le monde. Le père s'était immédiatement saisi de son appareil, l'avait photographiée, puis il l'avait filmée. Ensuite, la petite avait fermé les yeux. Songeant à la trace, elle avait demandé à l'infirmière de la lui retirer. L'enfant avait grimacé, mais l'habileté de l'infirmière avait suffi.

Trois heures après, l'enfant était morte.

Il avait retouché la photo sur Photoshop, pour enlever la trace du pansement. Elle avait voulu l'en dissuader, mais le visage de l'enfant était encore plus beau et pur, alors elle n'avait rien dit.

Elle souffrait de ne pouvoir partager sa beauté avec le monde entier. C'est intime, c'est personnel, c'est notre histoire, disait-il. Tu as honte de ta fille, lui avait-elle rétorqué. Pendant les obsèques, elle s'était promenée avec la photo sur le cœur, espérant quelques commentaires élogieux sur l'enfant que personne n'avait vue, mais leurs amis les avaient serrés dans les bras, et personne n'avait rien dit. Personne n'avait dit : « C'est fou ce qu'elle vous ressemble. »

Cette photo. Il était vertigineux de se dire que quelques heures plus tard, cette enfant aux yeux grands ouverts allait être engloutie par le Néant. Que racontait son regard ? Pressentait-elle l'imminence de sa mort ? Étrange paradoxe : cette photo de « naissance », celle qu'elle aurait mise fièrement sur le faire-part, était une photo de fin de vie. Exactement comme celle de ses grands-parents, toujours figés au crépuscule de leur existence.

Sur l'autel des ancêtres, il n'y avait, en effet, jamais de photos d'avant la vieillesse : les photos de mariage, les photos de jeunesse, étaient rassemblées dans des albums. Il ne fallait pas tout mélanger. Elle se demandait parfois si, au moment de la photo, les grands-parents, les arrière-grands-parents s'étaient doutés que ce serait cette photo-là, avec les cheveux gris, les rides taveleuses sillonnant le visage qui irait rejoindre celles du club des décédés sur l'autel des ancêtres. Les arrière-grands-parents le savaient certainement, ils s'étaient sans doute rendus à dessein chez le photographe, après être allés choisir leur cercueil. Ils avaient posé, dignement, avec des habits de fête et toute la solennité qu'exigeait le moment.

La photo. « L'image vivante d'une chose morte ». « La mort plate », disait Barthes. Photographier, c'était figer l'instant dans une « boîte », dans un petit cercueil où l'on recueille le passé. C'était capter ce qui n'est plus, ce qui a disparu, ce qui s'est envolé. Cette courbe ronde de la joue quand vous aviez vingt ans, cet air d'insouciance et d'innocence qui s'est envolé.

La photo de la petite fille morte occultait tous les autres visages qu'avait eus l'enfant.

Pendant la première semaine de vie de leur enfant (celle où ils avaient cru qu'elle allait vivre), peu de photos avaient été prises, ils pensaient qu'ils auraient tout le temps de la « mitrailler » (« on mitraille, on vise, on charge l'appareil, comme une arme. On parle même de « shooting » – fusillade). Elle avait un petit hématome à l'œil qui lui donnait l'air renfrogné d'une boxeuse, c'était le temps où elle lui disait « bats-toi, ma puce, on va rentrer à la maison », et ce visage-là, de la petite boxeuse renfrognée, lui semblait irréel, chassé par la photo, l'ultime photo d'avant la mort. Les autres visages étaient aussi devenus flous : son visage de lutin avec le bonnet blanc que lui mettaient les infirmières de l'hôpital (et qui cachaient les beaux cheveux noirs), son visage d'extraterrestre avec le masque à oxygène sur le nez, tant de visages pendant ces quinze petits jours étaient désormais écrasés par un seul cliché. Le cliché d'avant la Mort.

La photo de Mê-Linh. Où la poser à la maison ? La petite morte aurait-elle un petit coin réservé sur l'autel des ancêtres, chez ses parents ? Elle dont la disparition rompait scandaleusement l'ordre des années et des générations ?

Quel allait d'ailleurs être son « nom », à cette petite ?

Au Vietnam, on emploie peu les prénoms. Chacun est défini par sa position dans la famille. Elle n'avait ainsi aucune idée du prénom de ses grands-parents. Et ne connaissait que vaguement ceux de ses propres parents. Normal : eux-mêmes ne les utilisaient jamais. La grand-mère maternelle était *Bà Ngọai,* Madame du côté de maman, *Bà* désignant le respect à l'égard du plus ancien. Le grand-père maternel était *Ông Ngọai,* le Monsieur du côté de maman. Ses parents, comme tous les couples vietnamiens, s'appelaient *anh*, grand frère, et *em*, petite sœur.

Quant aux enfants, on les comptait en fonction de leur rang dans la famille. La sœur aînée était *chị hai*, sœur numéro 2, puisqu'on considérait que le numéro 1, la place la plus respectable, était symboliquement occupée par la mère. Venait ensuite *chị ba*, sœur numéro 3, ou *Anh 3*, frère numéro 3. Le rang restait immuable, même en cas de décès de l'un des membres de la fratrie. Sa mère était ainsi restée *chị sáo* ou *cô sáo*, mademoiselle 6, après le décès de son frère aîné.

Mais que se passait-il pour une sœur ou un frère mort trop tôt ? Fallait-il gommer son rang ?

Mê-Linh aurait été *chị Tư*, sœur numéro 4. La troisième enfant.

Je vais peut-être mettre ta photo sur le piano, ma puce. Pour l'instant, elle est devant le grille-pain, dans la cuisine, pour que tout le monde puisse te voir tous les matins.

Les photos de tes grandes sœurs sont sur le piano. Celle de ta grand-mère qui est morte, aussi.

Je pourrais te mettre là. J'aimais bien cette idée de mélanger ces photos des absents et des présents. Mais la photo de Mamou morte avec celle de tes soeurs, ça fait toute une histoire avec Ba Ngoại (ton autre grand-mère, ma maman). Elle m'assure qu'il ne faut jamais mélanger les morts et les vivants.

J'embrasse le creux de ta fontanelle.

Maman.

***L'Edmonton journal*, 12 juillet 2001.**

« Le cadavre d'un delphineau mort-né flottait dans le bassin du delphinarium d'Edmonton Mall ce vendredi 12 juillet 2002, pendant que sa mère, doucement, le poussait du rostre en tentant désespérément de le ramener à la vie (...).

Sa mère, la delphine Mavis, est l'un des deux derniers dauphins que possède encore l'Edmonton Mall. Son enfant est mort juste après la naissance et une autopsie a été décidée pour découvrir les causes de ce décès. En attendant, les dresseurs ont choisi de laisser le bébé mort dans la piscine avec ses parents, Mavis et Howard. Leur intention était de permettre aux deux dauphins adultes de faire le deuil de leur enfant. Selon ce même porte-parole, Mavis aurait vécu une grossesse de douze mois tout à fait normale et sans complications. »

Melissa Boisvert, porte-parole de l'agence locale de protection des animaux, a déclaré que la décision de laisser le cadavre de l'enfant flotter dans le bassin était juste et fondée.

« Nous croyons que les parents ont fait ce qu'ils ont pu, et qu'ils ont besoin maintenant de faire leur deuil de ce décès. »

Chimpanzé

Sur YouTube, la vidéo d'une mère chimpanzé face à son bébé. L'animal tourne autour du cadavre. Puis s'enfuit et se roule sur lui-même, la tête entre ses mains, dans une posture tragique. L'animal revient, touche délicatement le corps. Et hisse la dépouille dans son dos.

Plusieurs chercheurs ont étudié le comportement et le rituel des femelles chimpanzé à la suite du décès de leur enfant : tout indique que le chimpanzé fait lui aussi son deuil.

Une chercheuse d'Oxford a filmé des mères chimpanzé dans des forêts guinéennes. Au cours du tournage, deux petits chimpanzés sont morts. Pendant des jours, les mères ont transporté leurs dépouilles momifiées. Il faisait chaud cet été-là, très sec. Les corps ne se sont pas décomposés. L'une a erré ainsi pendant 16 jours, l'autre 68. Avant de confier les cadavres à d'autres singes de la communauté. Sur une vidéo, on voit l'une d'elles, catatonique, regarder un jeune singe jouer avec son petit momifié. Elle intervient, arrache le corps des mains du jeune singe, le remet sur son dos, et s'assied. On dirait qu'elle le berce.

Guide d'évaluation du stress
lié à des événements de la vie
selon des chercheurs de Harvard.

Facteurs majeurs

Mort du conjoint	100
Divorce	73
Séparation ou rupture	65
Période de prison ou d'internement	63
Mort d'un proche parent (père/mère, frère/sœur, enfant)	63
Blessure corporelle, maladie grave	53
Mariage	50
Perte du travail	47
Réconciliation entre conjoints	45
Retraite	45
Ennuis de santé de la famille	44
Grossesse	40
Difficultés sexuelles	39
Arrivée dans la famille (naissance, adoption, personne âgée venant y vivre)	39
Viols	40

Facteurs mineurs.

Hypothèque ou prêt moyen de moins de 30 000 euros	17
hypothèque ou prêt moyen de plus de 30 000 euros	30
Vacances	13
Changement d'habitude alimentaire	15
Bruits de marteaux-piqueurs	30

De ce tableau instructif, elle dresse des conclusions :

Perdre son conjoint (100 points) serait plus stressant que de perdre son enfant (63) – la perte d'un bébé si jeune, 15 jours, devant valoir moins que la perte d'un enfant. « Tu serais quand même un peu gênée de parler à des parents qui ont perdu leurs enfants plus grands, non ? », lui avait-on d'ailleurs demandé, quand elle avait évoqué son souhait de rejoindre un groupe de parole de parents endeuillés. Il est ainsi probable que la mort d'un enfant de 15 jours ne dépasse pas 30 points, à savoir moins que « difficultés sexuelles » et autant que « saisie sur hypothèque ou prêt ».

Les choses

1) Le manteau rouge taille 3 ans

Elle avait tellement aimé sa fille aînée avec ce petit manteau rouge, l'incarnation vivante de l'expression « jolie comme un cœur », qu'elle l'avait gardé pour la cadette, précieusement. La cadette l'avait porté dès ses 2 ans, elle aussi « jolie comme un cœur ». Elle sautillait dans la rue, elle avait alors ce poids précis, si léger, qui fait qu'un enfant ne marche pas mais sautille – c'est la loi de la gravitation, à 2 ans, on sautille, on ne marche pas. Et puis le manteau rouge était devenu trop étroit. Elle l'avait néanmoins gardé avec amour, ce petit manteau rouge, espérant le revoir sautiller, dans cette danse légère et bondissante qui disparaît quand les enfants grandissent.

2) Le tricycle

La cadette venait d'apprendre à faire du vélo sans petites roues. Le tricycle rouillait, s'ennuyait. Espérait qu'une nouvelle petite fille viendrait le chevaucher. Pour arpenter les trottoirs, transporter des feuilles mortes dans son bac en plastique, tourner à gauche, à droite, partir à l'aventure, et parfois écraser une crotte de chien. Tout, plutôt que rester au parking.

3) Les billets de bateau pour les vacances d'été. Deux adultes. Deux enfants.

Elle avait réservé la traversée cinq mois plus tôt, impossible alors de réserver pour un bébé pas encore né. Elle avait tenté de tricher, d'inventer une date de naissance, de l'anticiper, craignant que cela ne lui porte malheur.

Le liniment oléo-calcaire. Le sérum physiologique. Le livre *Petit Ours Brun ne veut pas faire dodo*. Le porte-bébé. La poussette Maclaren.

L'espace vacant du milieu, dans la voiture, entre les sièges auto.

Toutes ces couches qu'elle n'achèterait pas. Toutes ces nuits où elle ne serait pas réveillée. Toutes ces compotes bio qu'elle ne mixerait pas dans le babycook. Tous ces lumbagos qu'elle n'aurait pas en se pliant en deux pour l'aider à marcher, debout, en lui tenant les mains. Tous ces dessins qu'elle ne verrait pas. Tous ces colliers de nouilles qu'on ne lui offrirait pas à la fête des Mères. Toutes ces lentes qu'elle ne pourchasserait pas sur sa petite tête chevelue. Tous ces gâteaux qu'elles ne confectionneraient pas ensemble. Toutes ces histoires qu'ils ne raconteraient pas. Toutes ces tétines qu'ils ne confisqueraient pas. Tous ces anniversaires qu'ils ne fêteraient pas.

Tant de négations.

Ils n'iraient pas à la pataugeoire. Ils ne lui apprendraient pas à nager. Ils ne l'emmèneraient pas à la crèche. Ils ne tiendraient pas dans leur main sa petite main potelée et poisseuse. Ils ne s'ennuieraient pas devant le bac à sable, avec ce foutu sable qui rentre dans les chaussures. Ils ne l'emmèneraient pas à la maternelle. Ils ne pleureraient pas tout attendris devant le premier spectacle de danse ou celui de la chorale. Ils ne chanteraient pas Balan Balan Balançoire. Ils ne lui raconteraient pas d'histoires inventées où Tintin tombe amoureux du capitaine Haddock. Ils ne filmeraient pas ses premiers pas. Ils n'achèteraient pas de troisième trottinette. Ils ne lui montreraient pas les lettres sur les paquets de cornflakes. Ils ne la feraient pas voler sur un balai comme Kiki la petite sorcière. Ils ne feraient pas de « sortilèges noirs pour tuer les cauchemars, de sortilèges roses pour attirer les super beaux rêves », avant le bisou du soir. Ils ne feraient rien. Elle était morte.

II

VIE, 358 HEURES

« La mise en lumière de l'existence de cet enregistrement devait inscrire dans le monde la réalité de la vie des êtres qu'ils avaient aimés. »

Yoko Ogawa, *La Lecture des otages*.

Naissance

La – Si – La – Si…

La sirène des pompiers. Deux notes suffisent pour provoquer l'effroi.

La voilà allongée sur le brancard, tenant son ventre. La veille au soir, elle s'était déjà rendue aux Urgences, elle avait de la fièvre, à cause d'une grippe. Mais l'enfant allait bien, en témoignait l'échographie (« croissance et vitalité satisfaisantes du fœtus », disait le compte rendu) réalisée le jour même chez le docteur C (« mais elle va très bien, cette petite, elle est splendide »). À l'hôpital, elle était restée allongée deux heures, bercée par le rythme hypnotique du cœur de sa petite fille, qui continuait à bouger et à danser en elle. La sage-femme l'avait rassurée, pas la moindre contraction, elle goûtait donc, sereine, la douceur de cette longue plage d'attente, de ce « monitoring » qui lui permettait d'entendre sa petite. Elle était bien, malgré la fièvre et l'inconfort de la banquette-lit. Et puis elle était rentrée chez elle.

Le lendemain, les contractions avaient commencé, tout doucement d'abord, puis plus fréquentes. Soudain, elle avait vu le sang. Elle avait crié, il était arrivé, lui aussi fiévreux et grippé, elle avait gémi, j'ai peur, j'ai peur, il lui avait serré très fort les mains, mais non, ne t'inquiète pas, tout ira bien.

Ils avaient appelé les pompiers. Des hommes en bleu avaient fait irruption dans leur appartement, téléphone, tensiomètre, talkie-walkie, puis l'avaient évacuée dans un fauteuil roulant, l'avaient portée dans la voiture rouge et allongée sur le brancard. C'était la première fois qu'elle entrait dans un camion de pompiers. À travers la vitre, elle avait vu les rues défiler lentement, très lentement. Ça va aller madame, ça va aller madame répétaient-ils, on arrive, pensez aux vacances, à quelque chose qui vous détend, ça va aller madame, tandis que l'un d'entre eux continuait à noter la fréquence des contractions en regardant sa montre, une toutes les dix minutes, maintenant.

À l'hôpital, la sage-femme lui avait tenu les mains, elle était brune, le visage rond, la peau blanche, ça va aller madame, ça va aller, regardez-moi dans les yeux, ne paniquez pas, vous n'allez pas accoucher maintenant. La sage-femme l'avait mise sous perfusion de Loxen, un médicament anti-contractions. Sans effet. Couchée, pliée en deux, elle se répétait oh non oh non, toujours ces pulsations infernales et cette douleur en bas du ventre, et la panique, l'odieuse panique, faites qu'elle ne sorte pas, elle est trop petite, mon Dieu protégez-la.

Les médecins discutaient. Ça doit être une infection du placenta. Et puis. Il va falloir la faire sortir, votre petite. Faites que ça ne soit pas possible faites que ça ne soit pas possible. Ça va aller madame, ça va aller madame, vous allez accoucher mais c'est mieux pour votre fille.

Elle l'avait joint par téléphone, il répétait, c'est pas vrai, putain, c'est pas vrai, puis il était arrivé à l'hôpital. Faites que ça ne soit pas possible.

Les médecins répétaient. 29 SA +4, elle sera prématurée, mais ça va, ça va. Ne vous inquiétez pas. Pas de problème, ils s'en sortent bien à ce terme. En plus c'est une fille. C'est mieux, une fille, statistiquement, elles s'en sortent mieux. 80 % de chances de survie.

Ça va aller madame, ça va aller. Un essaim de blouses vertes. Des masques, et des yeux, autour d'elle. Et une paire d'yeux en particulier. La pédiatre du service de réanimation néonatale. Ça va aller, ça va aller madame. On a l'habitude des petits à ce terme. 80 % de chances de survie. Les séquelles, c'est surtout le cerveau. Certains prématurés font de l'hyperactivité. Elle hochait la tête, percluse de douleur, la terreur lui vrillant les tympans. Hyperactive, c'était fabuleux, ça voulait dire vivante. Les contractions continuaient. Le brancard, avec elle dessus, était désormais en salle de travail. Ça va aller, ça va aller madame. On ne va pas pouvoir faire de péridurale mais tant mieux ça ira plus vite. Ce sera mieux pour le bébé. Ça va aller madame ça va aller. Non. Non. Je n'y arrive pas. J'ai mal. Mais si, c'est maintenant là. Il faut y aller, là, allez, on y va, on y va. Levez les jambes, on va y aller. La douleur. La peur. Poussez. Poussez. Oui, ça y est. On y est. Bravo.

Et la petite fille était sortie. Tout de suite, elle avait fait entendre sa voix, une protestation énergique, vigoureuse, indignée. 1,440 kilo, c'était vraiment pas mal, avaient félicité les médecins. Tous les deux, ils l'avaient effectivement trouvée étonnamment grande et grosse. Et étonnamment belle, avec sa tête ronde et ses cheveux résolument noirs. Étonnamment familière aussi, comme s'ils s'étaient tout de suite reconnus dans ce petit être encore recouvert de viscosités. Ses yeux étaient grands ouverts, très noirs aussi, étincelants de colère, la colère d'avoir été arrachée si tôt du ventre maternel, d'avoir été manipulée, écrasée, tirée dans la violence effroyable d'un accouchement. La mère la regardait, toute tendue d'amour vers elle, son petit animal, sa petite fille aux cheveux si noirs, sa merveilleuse princesse. Son corps, brisé, avait déjà oublié la douleur, et il ne restait plus que l'enfant, si belle. Il s'était penché vers le petit être, leur fille, il avait sorti son smartphone, avait pris une photo. Le médecin les avait félicités. Les 80 % de survie étaient passés à 90 %. La petite était si résistante, si rose, si énergique ! Elle était partie tout de suite, escortée de l'essaim de blouses vertes qui l'emmenaient en réanimation néonatale. Sa petite avait l'air d'aller bien, très bien même. Sa colère semblait de bon augure, un signe de vitalité. Ça va aller madame, on vous promet. Elle va bien, elle a un bon poids, il n'y a aucune raison que ça se passe mal.

Signes (1)

Il paraît que certains prénoms portent malheur dans les services de réa néonat. Les infirmières de ce grand hôpital parisien devenaient superstitieuses quand plusieurs bébés portant un prénom identique décédaient au cours d'une seule et même année. Ça jetait un halo sombre sur le prénom en question.

Ils hésitaient entre deux prénoms pour leur fille, et avant de faire un choix définitif, elle avait envisagé d'en parler avec une infirmière. Mê-Linh, ça sonnait comme Méline. Méline, les infirmières en avaient déjà rencontré, certainement. Ce prénom porterait-il chance ou non ?

Pendant trois longs jours, la petite n'avait pas été nommée : elle était « BB Bui ».

Quand elle avait revu le médecin, deux mois après le décès, elle avait quémandé des statistiques et des chiffres. Combien de décès dans ce service ? Elle lui avait arraché une estimation. Tous les ans, le service devait faire face à une dizaine de décès sur les 150 bébés qui y passaient.

Elle se rappelait avoir passé plusieurs jours dans un service de soins palliatifs. Il y avait dans ce service le même calme cotonneux. À peine pouvait-on y entendre des sanglots étouffés dans le couloir. Les portes étaient toujours fermées, sans vitres. Et tous les jours, ou à peu près, une chambre était vidée et libérée.

Dans un service de réanimation néonatale, la mort n'était pas exceptionnelle mais plus rare, en tout cas suffisamment rare pour qu'elle ne fût pas une routine quotidienne.

Elle se rappelait cette toute jeune infirmière, une jolie brune avec une longue queue-de-cheval. Pauline était nouvelle dans le service. « Mon chaton », c'est ainsi qu'elle appelait Mê-Linh. Elle lui disait de ne pas « faire de bêtise » (cela voulait dire : désaturer, faire une bradycardie). Après avoir appris que la petite fille allait bientôt mourir, Pauline avait gardé ce même sourire, elle avait continué à s'occuper de Mê-Linh avec la même tendresse, et demandé pour les derniers jours de son service de la semaine à rester dans la chambre 14. Parce qu'elle avait commencé et qu'elle voulait « finir ». Pauline avait avoué que ce serait « sa première fois ». Sa première mort. Finalement, Pauline était partie en vacances le mardi soir, la petite était toujours vivante, alors elle avait dit « au revoir », avec des yeux plus brillants que d'habitude.

Signes (2)

L'ange de la mort s'appelait Catherine. Elle était la première personne qu'elle avait vue en se réveillant dans sa chambre, après avoir accouché. Dans sa blouse blanche d'infirmière, l'ange de la mort était venue vers 6 h 30, pour changer les perfusions et prendre sa tension. Impossible de ne pas reconnaître ses grands yeux ronds et bruns, sa peau blanche, ses longs cheveux noirs. C'était elle. L'infirmière de la chambre mortuaire qui s'était occupée de Stella, sa morti-née.

C'était en 2011. Elle s'était sentie coupable de partir de l'hôpital sans voir une dernière fois Stella, le bébé miniature mort dans son ventre, cette ébauche de nourrisson qui ressemblait au poupon Corolle de sa fille cadette. Elle s'était décidée in extremis à lui rendre visite. Mauvaise idée. Le petit corps s'était ratatiné, il était devenu rouge et ridé. Dans le couffin blanc plein de dentelles, habillée d'un pyjama blanc, le bébé mort ressemblait à une poupée vaudoue. Alors que, juste après l'accouchement, elle avait pu voir distinctement les traits délicats de son visage triangulaire aux allures de statue maya.

Catherine, l'infirmière de la chambre mortuaire, avait été très attentionnée. D'une voix douce elle avait dit « vous venez voir Stella ? », comme si la petite chose était une de ses connaissances. L'infirmière avait remarqué le mouvement de recul de la mère. S'en était-elle attristée ? Des larmes avaient perlé dans ses yeux. Devant le père qui examinait le corps, elle avait évoqué l'autopsie, une éventuelle malformation, et montré les membres enflés de la petite. La mère s'était caché les yeux.

Retrouver cette même infirmière ce matin-là, plus d'un an après, l'avait effrayée. Comment ne pas y voir un signe funeste ? Elle s'était mise à pleurer. Catherine s'employa à rassurer la parturiente. Cette fois tout serait différent. Il n'y aurait pas de chambre mortuaire, voyons, madame, chassez cette idée de votre esprit. Cette petite fille, vu son poids, vu son terme, allait s'en tirer. C'était une certitude. Mê-Linh était un bébé achevé, une belle enfant, elle l'avait vue la veille, à peine sortie du ventre, elle n'avait rien à voir avec la morti-née.

Signes (3)

Quand elle était enceinte de trois mois, elle s'était retrouvée à Jackson devant la dernière clinique qui pratiquait les avortements dans le Mississippi. Une ribambelle de « Pro Life » psalmodiait des chants devant la clinique. « Jésus ne veut pas qu'on tue les bébés ! », « Obama, criminel ! Halte au génocide des bébés ! Jésus nous aime ! ». Une grosse dame d'une soixantaine d'années, avec une permanente blonde, un T-shirt et un pantalon rose criard, était assise à côté d'un tableau représentant un Jésus-Christ grandeur nature où il était écrit « OUR LORD LOVES HIS CHILDREN ». La grosse dame l'avait forcée à regarder dans une petite boîte noire où elle conservait ses trésors : des statuettes représentant des embryons à différents stades de grossesse. Les plus petits avaient la taille de bonshommes en Lego. « C'est ça que vous avez dans le ventre, ma chérie, vous ne voulez pas le tuer, tout de même, regardez comme il est mignon. »

Elle, pensant au fœtus qu'elle portait en elle, répétait : « *I don't want an abortion* », mais la grosse dame ne la croyait pas. Les militantes priaient plus fort, « *Hey darling, we will pray together, won't we. God bless you and your child, please don't kill him, don't kill the baby* », alors que des jeunes femmes sortaient de la clinique, les yeux baissés, et tentaient de fuir. « Jésus protégera tous les bébés, il les protégera, il les protégera ! »

L'aquarium

Au troisième étage, point rouge. Des couloirs aux murs recouverts d'une fresque en trompe l'œil : une fenêtre donnant sur une mer bleu turquoise, au fond, une île et un village en haut de la colline.

En sortant de l'ascenseur, à droite, un corridor menait vers l'entrée réservée aux parents. Code obligatoire. Ou interphone. Un sas avec les vestiaires. Les consignes étaient strictes : s'y laver les mains, une fois, deux fois, trois fois. Enfiler le masque. La blouse. Puis on avait le droit de pénétrer dans le sanctuaire. Les chambres. L'aquarium. Le royaume des songes et des bébés endormis.

Là, tout était calme, un calme cotonneux, à peine troublé par le bruit des machines. Vingt chambres au total, séparées par des parois en verre. Derrière chaque vitre, des gens s'affairaient, en une chorégraphie étrange et silencieuse. Tout le monde portait des blouses. Vertes ou blanches. Parfois une charlotte sur la tête.

Les chambres se succédaient, toutes contenaient de petites boîtes en plastique transparent. On y distinguait de loin de minuscules silhouettes endormies. Les bébés ne faisaient pas de bruit, ou si peu, quelques pleurs discrets, un souffle, étouffé par les parois de verre. Dans ce non-temps, ces minutes et ces heures qui ne coulaient pas, ils attendaient.

Là, nuit et jour passaient indistinctement, les rideaux étant toujours tirés, la lumière constante, filtrée, jamais agressive. Une lumière bleue inondait parfois les boîtes des bébés.

C'était, avait expliqué l'infirmière, de la photothérapie – afin d'éviter les jaunisses.

Elle avait compris photosynthèse. Comme les plantes, pour les faire grandir.

Baignés dans le halo bleu de leur boîte transparente, les bébés ressemblaient à de petits poissons nageant dans un état de conscience indéterminé.

« Ne tapez pas sur la vitre pour préserver la tranquillité des bébés. » Voilà ce qui était inscrit dans le couloir, qui donnait directement sur les fenêtres des chambres. « Ne tapez pas sur la vitre », comme dans tous les aquariums. Quand on ouvrait les rideaux de l'intérieur des chambres, on apercevait le couloir réservé aux familles. Quelquefois, une grappe d'humains venait se coller aux vitres, tentant d'apercevoir de loin le bébé d'une chambre. Les cous se tendaient, se tordaient, les visages s'écrasaient contre la vitre, agglutinés et serrés les uns contre les autres.

C'étaient des géants. Leurs pas résonnaient dans le couloir. Les talons claquaient. Deux mondes coexistaient. Celui des géants et des Petits Poucets. Du côté des géants, la lumière crue du jour. Du côté des Petits Poucets, la lumière bleue, la lumière magique de Neverland, du Pays de Nulle Part.

La petite fille ouvrait brusquement les yeux et fronçait les sourcils quand la lumière venait la contrarier. La mère aussitôt la rassurait. Dors ne t'inquiète pas. Les géants sont dehors et ne nous feront pas de mal, petite poucette.

Dans la matrice de la chambre 14, elles continuaient, ensemble, cette grossesse interrompue. La mère et la fille, collées l'une à l'autre. La mère traînait sa perfusion d'antibiotiques : elle aussi était pleine de fils qui s'emmêlaient à ceux de sa fille. Tout coulait à l'unisson dans ces fils enlacés, la mère sentait le cœur de son enfant battre au même tempo que le sien, elle se sentait elle-même devenir poisson, sa mémoire dissoute dans l'instant présent.

Les bébés appartenaient à l'ordre aquatique. Petits têtards indistincts d'abord, puis fœtus et embryons plongés dans le liquide amniotique, dans l'eau maternelle. Les poissons n'ont pas de mémoire, dit-on. Mais a-t-on besoin de mémoire ? Les bébés sont légers et sans souvenirs, flottant dans l'eau de leur nouvelle existence.

Elle aimait les aquariums. Elle aimait contempler les méduses, elles ressemblaient aux cellules que son père observait au microscope, formes mystérieuses qui contenaient le passé et le présent. Des esprits, des banshees. La fée Clochette accompagnant Peter Pan dans les brumes de Neverland.

Ça devait ressembler à cela, l'âme d'un bébé. À une méduse flottant dans l'eau.

Peut-être y avait-il, quelque part, une antichambre de la vie, des limbes où flottaient toutes les âmes des bébés, les bébés pas encore nés.

Paix

Tout est silencieux. La lumière bleue éclaire de façon diffuse les aquariums de bébés. Dans la chambre 14, le bruit des scopes résonne. Allongée dans le fauteuil, elle tient son enfant contre son cœur.

Elle entend son souffle, elle sent la respiration qui lui soulève le dos sous sa paume, la petite fille dort sur elle. Quel bonheur, contempler l'enfant qui dort. Elle se rappelle ces nuits où les yeux gros de sommeil, les gestes embrumés, le corps perclus, elle berçait ses filles aînées. Extase somnolente face au petit être qui respirait tranquillement.

Et elle est inondée d'un même sentiment de plénitude, dans cette chambre 14 baignée de lumière bleue, bercée par la musique des scopes. Sa petite fille dort sur elle, sa poitrine se gonfle à chacun de ses souffles, imprimant sa cadence intime à son cœur à elle, les peaux sont collées l'une à l'autre, la petite tête au crâne duveteux a creusé sa place, là, dans un petit coin au-dessous de son épaule.

Et dans le magma de cet état de conscience indéterminée, venus de nulle part ressurgissent les mots perdus. Les berceuses en vietnamien que lui chantaient sa mère et sa grand-mère. Et elle aussi elle chante, ces chansons dans sa langue oubliée. Les mots étaient tapis en elle depuis longtemps, attendant le moment de surgir, attendant qu'elle devienne mère, pour les transmettre à ses filles. Ils reviennent, dans la chambre 14. Elle les lui donne, une offrande, une opération magique qui transforme le passé en futur. Par ces mots, c'est tout l'avenir qui défile. Celui où sa fille deviendra mère, et à son tour, léguera ces mots dont elle ne saisira pas le sens, mais dont elle comprendra la musique.

50 shades of grey

Quand cinq jours après sa naissance, la docteure M. était passée, la mère souriait, confiante : les tests d'infection étaient négatifs, quel soulagement ! Car de l'infection elle avait vraiment peur, *Escherichia coli*, staphylocoque doré, streptocoque B et autres germes…

Elle ne s'inquiétait plus que de broutilles : serait-il prudent d'aller en vacances cet été avec la petite ? Il faudrait également appeler les crèches pour annuler la demande d'inscription, le mode de garde en collectif était déconseillé pour les prématurés. Et le lait, aurait-elle assez de lait jusqu'à ce que la petite sache téter toute seule ? Et la pauvre puce, avait-elle mal quand on lui faisait des piqûres ? Ça lui fendait le cœur, cette grande aiguille dans sa toute petite main, et les microbes, peut-être faudrait-il porter des masques, cet hiver, pour protéger la petite des rhumes et autres bronchiolites ?

Le dimanche, les grandes sœurs étaient venues avec le papa. Elles n'avaient pas le droit de rentrer dans la chambre, mais elles avaient collé leur visage à la vitre, ravies d'entr'apercevoir le berceau transparent de Mê-Linh – tu vois, c'est comme Blanche-Neige, un lit en verre ! –, elles chantaient, gaies comme des pinsons. Dans la chambre 14, de l'autre côté de la vitre, la mère leur souriait, avec sa minuscule princesse endormie sur le cœur, à laquelle elle chuchotait : « Ah tes grandes sœurs, ce sont de sacrés numéros, de vraies filoutes, mais tu verras comme elles vont bien s'occuper de toi. » Avant que les grandes ne partent, elle les avait évidemment rassurées : « Ne vous inquiétez pas, la petite sœur va très bien, elle va rester un peu de temps à l'hôpital, il faudra être patient, mais tout se passera bien. Et vous aurez bientôt le droit de lui rendre une vraie visite, dans la chambre. »

Et puis leur petit train-train avait continué. Se nettoyer le bout des seins, tirer son lait, c'est-à-dire se traire, avec une machine électrique qui faisait un bruit d'enfer, pchuitt, pchuitt, pchuitt, une demi-heure de traite toutes les trois heures, pour remplir des petites bouteilles que les infirmières mettaient au frigo. Caresser le dos de l'enfant, en glissant la main à l'intérieur de l'incubateur. Savourer les séances de peau à peau, quand sa petite était blottie dans ses bras, la contempler, attendrie, avec son petit masque à oxygène qui la faisait ressembler à un Dark Vador miniature, écouter le bruit que faisait toute cette soufflerie, les tubes, l'oxygène, et son œil au beurre noir, quelle dégaine ça lui donnait, à sa boxeuse d'amour !

Se charger des soins, avec l'aide bienveillante de l'infirmière : laver les yeux avec la compresse, de l'intérieur vers l'extérieur, rouler une autre compresse sur son auriculaire pour nettoyer et humidifier la bouche de la petite, effleurer son palais, la langue chaude, ses gencives édentées. Sa bouche pressait le doigt parfois, essayant maladroitement de téter, quelle douceur de la sentir. Nettoyer les fesses menues, les sécher avec une précaution infinie. La regarder et la caresser. Lui parler. Chanter. Rêver. C'est fou comme on s'habitue vite.

La petite allait bientôt avoir une semaine – le cap le plus dangereux pour les prématurés. Elle se répétait avec délectation et fierté ce que la docteure B – la pédiatre présente lors de l'accouchement – avait affirmé le lendemain de la naissance : « Vous voyez, elle se débrouille très bien votre fille. On l'a déjà désintubée. Et la CRP est négative. »

Ah, la CRP ! Elle ne connaissait pas la signification de cet acronyme, elle savait juste que la CRP mesurait le taux d'infection. Alors, d'un air de connivence, tous les jours, elle se rassurait en demandant aux infirmières, la CRP est négative, non ? Elle le répétait aux infirmières en réa au 3e étage, aux infirmières de la maternité au 2e étage, où elle était hospitalisée, aux amis qui demandaient des nouvelles, oui, la CRP était négative, quel bonheur, vive la CRP, une ola pour la CRP, une ovation pour la CRP !

Ce mardi, le père était arrivé, lui aussi très confiant. Il émergeait enfin de sa grippe, il allait pouvoir profiter de leur petite fille, ce serait compliqué, certes, l'enfant devrait certainement passer encore deux mois en « néonat », mais on s'organiserait.

Ils étaient descendus dans la chambre 14. Elle avait demandé à l'infirmière si elle pouvait prendre sa fille dans les bras, on pouvait faire le rendez-vous dans la chambre, non ?

Non, ce serait dans le bureau.

Le médecin l'avait rassurée, ne vous inquiétez pas, vous pourrez retrouver votre puce après, on sera plus tranquilles dans le bureau, sans être dérangés par le bruit des machines.

Ils ne savaient pas, les bienheureux, ce qui les attendait. « Rendez-vous dans le bureau », c'était le nom de code pour « mauvaise nouvelle ». Le malheur exige l'intimité. Il fallait soustraire à la vue des autres parents ceux que le destin frappait. Les parents dans ce service étaient si fragiles, qu'un rien les faisait plier. Mieux valait donc emmener les maudits, doucement, dans le bureau, et fermer la porte derrière eux.

La docteure M. avait commencé à parler poids, respiration, médicaments. Puis elle avait pris un bout de papier, un crayon, et griffonné un cerveau. Elle avait parlé d'hémorragies, évoqué des lésions, employé des mots compliqués, des mots de médecin. Elle avait lâché le nom mystérieux. HIV. Ça ressemblait au nom du sida, le Human Immunodeficient Virus, qui l'avait tellement terrorisée enfant. Mais ça n'avait rien à voir. HIV signifiait Hémorragies intraventriculaires. Il y avait 4 « grades » de HIV. La petite fille avait une HIV 3 et une HIV 4. Les plus « graves », même si la médecin avait évité ce mot, connaissant son effet sur les parents.

Puis elle avait annoncé qu'il fallait un autre examen, une IRM, qui se déroulerait cet après-midi même. La petite devrait donc être à nouveau intubée, et droguée à la morphine pour supporter l'examen.

La médecin n'avait pas évoqué le pire (c'est-à-dire la mort), elle préférait attendre quelques jours, même si elle savait que tout était fichu.

Le père n'avait rien ajouté.

La mère, assommée, bête, stupide, un animal, fixait le petit dessin du cerveau griffonné au crayon à papier. Si elle le regardait suffisamment longtemps, peut-être disparaîtrait-il, et avec lui, la médecin, son méchant bureau en fer, les murs jaunes qui l'étouffaient.

Pour conclure, la docteure M. avait dit : « On n'aura pas de réponses claires. Plutôt quelque chose dans les nuances de gris. Entre gris clair et gris foncé. »

50 nuances de gris. Alors voilà, c'est à cela que ressemblait une condamnation à mort ? Au titre idiot d'un livre idiot ?

Tout tournait autour d'elle.

Il s'était mis debout et l'avait aidée à se lever. En automate, il l'avait soutenue pour retourner dans la chambre 14.

La mère avait demandé à l'infirmière de lui remettre sa fille dans les bras. Sans une larme, elle avait caressé le dos de son enfant. Le père les regardait, impuissant, sans rien dire.

Ils avaient senti que leur statut avait changé. Tous les trois, ils n'étaient plus dans le camp des gagnants. De ceux qui allaient s'en sortir. Des forts. Car c'est ainsi que la société fonctionne. Il y avait ceux qui guérissaient, ceux qui « s'étaient battus », avaient vaincu. Et les autres.

Dans le service de néonat aussi, il y avait les damnés d'un côté, ceux qui venaient plomber les statistiques. Les 10 % de décès. Et de l'autre, les miraculés, les guerriers, ceux qui s'en étaient sortis, narguant avec fougue les bradycardies, les infections, les désaturations, provoquant l'admiration tendre et étonnée des infirmières, des médecins, de leurs proches. Ils étaient les acrobates, les danseurs, les funambules de la vie. Ceux dont les visages souriants s'affichaient sur les faire-part de naissance à l'entrée du service. Avec la mention de leur terme en semaines d'aménorrhée, pour reprendre le jargon de la maternité, leur poids de naissance, leurs dates.

Clémence 30 SA, 1 kilo, sortie 98 jours après, 2,2 kilos.
Noé, 27 SA, 900 grammes, sorti 121 jours après, à 2,1 kilos.

Dès le début, la mère avait imaginé sa fille dans ce panthéon glorieux.

Mê-Linh, 29 SA+4, 1,4 kilo, est rentrée chez elle après 89 jours. Aujourd'hui, même les nuits sont douces !

La mère se répétait surtout ces chiffres, comme une incantation : 29 SA+4, 1,4 kilo.

Et se remémorait la parole des médecins : « 80 % de survie », non, davantage, 90 % de chances de survie !

Dans le grand jeu de la roulette statistique, les infirmières aussi s'y étaient mises.

— Avant 28 SA, je ne vous aurais rien dit. Les extrêmes prémas, c'est dur. Mais vous à 29 SA, c'est parfait, avait dit l'une.

— 1,4 kilo ! Mais c'est un beau poids, ça ! avait ajouté l'autre.

— On en voit beaucoup passer ici, des prémas, mais 29 SA, je vous assure, il n'y a pas de souci.

29 SA+4. C'était presque 30. Presque 32, seuil fatidique qui l'aurait classée dans la catégorie des « prématurés normaux » et non des « grands prématurés », et par conséquent, dans une autre famille de statistiques.

29 SA+4, ça se passerait bien sûr comme sur des roulettes ! Et le 1,4 kilo ! Une championne je vous dis !

La preuve, il y en avait des plus petits, des plus jeunes, des plus malmenés par la nature qui s'en sortaient. Regardez le chétif Noé, 27 SA, 800 grammes. La minuscule Rose, 29 SA, certes, mais seulement 1 kilo.

Mais ils ne faisaient plus partie du club. Alors ils rasaient les murs, esquivant les faire-part victorieux, les remerciements émus, les messages d'espoir. Ils avaient été exclus de la communauté des « parents néonats ». Ceux qui venaient bercer leurs bébés, les admirer, les photographier, en comptant les jours avant la sortie. Ils étaient des « encombrants ». Des invités gênants, telles ces vieilles tantes gâteuses qu'on est obligé d'inviter aux mariages, celles qui font tache sur la photo tant elles sont laides, âgées, et si pénibles à force de radoter.

Pendant toute la soirée, ils étaient restés dans l'étroit lit d'hôpital, deux noyés accrochés l'un à l'autre. Elle entendait son cœur battre à grands coups désordonnés, un tam-tam sourd et lancinant. Lui tapotait frénétiquement sur son smartphone, à la recherche de toutes les informations qu'il pouvait trouver sur la maladie de leur fille. Allez monsieur Google. Raconte-nous les HIV 4. Les HIV 3. Le père s'engloutissait dans des forums. Doctissimo. SOS Préma. Des articles médicaux en anglais.

Il soupirait, disait des « Oh non c'est pas vrai », et elle : « Tais-toi, je ne veux rien entendre. »

Elle continuait à tirer son lait, à remplir les bouteilles. Il faudra bien qu'elle mange, la petite, se répétait-elle, stupidement.

Elle marchandait dans sa tête – d'accord, elle sera handicapée, mais faites que ce soit un petit handicap moteur, allez, le bras, d'accord, je vous laisse le bras, pas de bras, allez, même les jambes, d'accord, on vous donne ses jambes, paralysées, les jambes, on s'organisera, ça ira, même si elle ne marche pas, elle aura des béquilles, ou un fauteuil, on lui fera une belle vie, tout de même, avec tout notre amour, ou aveugle, aveugle, ça ira aussi, elle pouvait imaginer sa fille aveugle, elle pourrait jouer du piano, faire de la musique, même aveugle, elle serait une grande virtuose aveugle, elle serait Stevie Wonder, et sourde, si elle était sourde, on apprendrait le langage des signes, et si elle était aveugle et sourde, eh bien on l'embrasserait, on trouverait un autre moyen de lui parler, en la touchant, en l'aimant.

Elle respirait bruyamment, figée, emmaillotée dans son drap telle une momie, serrant ses mains à lui, ses grandes mains dont la paume suffisait à entourer la tête de leur petite fille, mais elles n'avaient pas pu la protéger non, petit cerveau si fragile et déjà cassé.

Il avait exceptionnellement eu le droit de rester dormir à l'hôpital, dans la chambre du 2e étage, mais il n'avait pas eu le droit de s'allonger dans le lit avec elle, il devait rester dans le fauteuil, « pour des questions juridiques, expliqua l'infirmière, on sait que vous traversez un moment difficile ».

Le lendemain, le père était remonté voir la docteure M., pendant qu'elle était restée prostrée dans sa chambre. Il avait compris. Le staff allait se réunir en fin de matinée et discuter des résultats de l'IRM. La docteure les reverrait l'après-midi même.

Il était redescendu. L'avait forcée à avaler un yaourt. Avec l'allaitement, tu t'épuises, il faut manger, tu sais. À l'heure dite, il l'avait traînée au 3e étage. L'aquarium, le code, le sas, le lavage des mains, le masque. Ils étaient allés dans la chambre de la petite, la mère avait détourné les yeux, regarder cette enfant condamnée la lacérait. Elle regrettait de l'aimer. Elle se maudissait d'avoir cru en elle, en eux. Puis la docteure M. était venue les chercher.

— Les lésions sont très importantes. Le staff s'est réuni. Nous avons décidé, avec votre accord, de changer le protocole de soins. Nous allons arrêter les soins actifs. Et passer en soins de confort.

Le père avait dit « c'est mieux, nous préférons savoir ».

La mère avait balbutié dans ses pleurs. Des paroles bêtes encore, du genre « mais ça veut dire qu'elle ne va pas guérir ? »

La médecin avait secoué la tête. Non Mê-Linh ne guérirait pas. Soins de confort, ça voulait dire soins palliatifs. Ceux dédiés aux cancéreux en phase terminale, à la fin de vie. C'était si absurde d'évoquer la fin de vie alors que Mê-Linh commençait tout juste la sienne.

Ne leur restait plus qu'à accompagner leur enfant, jusqu'à la fin, justement. La médecin avait dit « Je sais que c'est dur à entendre, mais il vous faut profiter de ses derniers moments, Mê-Linh est encore là, parmi nous, et c'est très précieux ».

Le mot « mort » n'avait pas été prononcé. Comme les médecins dans les services de soins palliatifs, qui insistaient toujours sur ce fait : leur travail, ce n'était pas d'accompagner la mort, mais plutôt : la vie qui restait à vivre.

Je continue parfois à errer sur les sites Internet qui parlent de prématurés, SOS Préma, Doctissimo. Sur SOS Préma, avant ce mardi fatal, j'avais vu la rubrique « décès », et je n'avais pas voulu regarder. Je veux continuer à regarder la rubrique « croissance, alimentation » et parler avec ces mamans qui s'inquiètent de l'évolution de leurs petits. Je veux m'inquiéter moi aussi.

Maman.

2,7 litres

2,7 litres, c'était la quantité de lait qu'elle avait tirée. Entreposée dans le frigo du service Réanimation néonatale.

Avec joie, elle s'était métamorphosée en vache. Le tire-lait était une grosse machine produisant un bruit de centrale électrique : des ventouses collées aux seins les aspiraient, pchuit, pchuit, pchuit, puis le lait giclait en petits jets successifs, éclaboussant les parois des bouteilles en plastique.

Dans la chambre 14, elle s'installait dans le fauteuil, se dépoitraillait, regardait son enfant pour stimuler la lactation, et pchuit, pchuit, pchuit, la séance de « tirage » commençait.

Elle s'était documentée sur ces machines, anticipant son retour à la maison, quand la petite serait encore en « réa » et qu'il faudrait apporter son lait à l'hôpital. Le « Double Pompage », doublera votre vitesse de tirage ! Aspiration électrique sans effort ! Le Medela Symphony est la Rolls des tire-lait ! Ameda modèle Élite, parfaitement adapté pour les mamans de prématurés ! Confort d'utilisation incomparable ! Téterelles physiologiques en plusieurs formats ! Testé et approuvé !

Elle se l'était juré, elle serait la mère-vache la plus productive de la Terre. Elle inonderait sa fille de lait. Qu'importe la douleur, l'aréole gonflée et rouge qui doublait de volume, qu'importe l'aspect monstrueux de ses seins et la poitrine engorgée de la nuit, dure comme du bois.

Elle tirait, avec obstination, satisfaite de voir les bouteilles se remplir. Toutes les trois heures, elle collait une étiquette au nom de Mê-Linh sur le petit flacon, vérifiait sa contenance – au début presque rien, puis bientôt 30 ml, 60, 130, 140 ml – et tenant précieusement sa récolte, elle la remettait à l'infirmière. Très vite, elle dépassa deux litres. Elle en riait d'aise. Le frigo et ses réserves de lait, c'était leur avenir.

Pour l'instant, la petite ingérait, via un tube, 2 millilitres, au mieux. À ce rythme, il eût fallu 2 000 repas pour en venir à bout.

2 000 repas. Il y en aurait évidemment trop et il en venait encore. Le lait ne cessait de monter, sa chemise était trempée, son corps refusait obstinément cette information absurde : son bébé allait mourir.

Des trous dans le cerveau

L'hémorragie avait gagné les deux ventricules et provoqué « des trous dans le cerveau », disaient les médecins. La petite fille souffrait d'une « leucomalacie », qui détruisait la substance blanche du cerveau et lui causait d'autres trous qui ne se rempliraient jamais. De l'extérieur, on ne voyait pas que le cerveau était troué, la petite fille ressemblait à un bébé comme les autres. Mais sa tête était cassée. Elle allait soit en mourir plus ou moins rapidement, soit être si gravement et lourdement handicapée qu'elle ne pourrait jamais manger et respirer seule, promise à une non-vie enfermée dans une prison de chair, lardée de tubes.

L'accouchement prématuré avait cassé le cerveau de l'enfant. La mère, en accouchant, avait tué sa petite fille, tout bêtement.

« 1er ETF à J1 de vie met en évidence une plage hyperéchogène frontale droite à contrôler. » Extrait du compte rendu d'hospitalisation.

La mère s'en souvenait de ce premier examen, au lendemain de son accouchement. L'échographie trans-fontanelle.

L'ETF, comme ils disaient. Deux internes en blouse étaient venus tartiner le crâne de l'enfant avec du gel. « C'est normal, tous les bébés prématurés ont des petits saignements au cerveau. Ne vous inquiétez pas. L'examen est systématique. »

« ETF à J2 de vie met en évidence une hyperechogénécité marquée de la substance blanche péri-ventriculaire front-opariétale droite (infarctus veineux hémorragique de Volpe : HIV 4 droite et une HIV 2 gauche). » Extrait du compte rendu d'hospitalisation.

La mère avait caressé le front de son bébé et dit « c'est bientôt fini, ma puce, tout va bien aller » avant de la livrer aux internes. Ces internes qui ne pouvaient ignorer – HIV 4 et HIV 2 – le pronostic de mort.

« Explorations neurologiques complétées par un EEG à J5 de vie. Médiocrement structuré avec aspect asynergique et des anomalies dégradées et immatures. » Extrait du compte rendu d'hospitalisation.

Pour l'électroencéphalogramme, l'EEG, la mère n'avait pu prendre sa petite dans les bras durant une matinée entière. Une dame en blouse blanche avait mis plein de capteurs sur la tête de son enfant pour enregistrer les mouvements du cerveau pendant son sommeil. De quoi son bébé rêvait-elle ?

« Médiocrement structuré. » Quels rêves cela donnait, un cerveau « médiocrement structuré » ?

Le soir, sa fille dans les bras, la mère s'était confiée à la psy : elle se sentait tellement chanceuse, son bébé allait bien. La psy l'avait questionnée : « Elle va être de nouveau intubée, c'est cela ? », après l'avoir lu dans le dossier. Mais la mère ne savait rien, alors elle l'avait contredite. Bien sûr que non. Quelle conne cette psy, pourquoi lui dire des idioties pareilles ? Alors que la conne, c'était elle, la mère, de n'avoir rien compris.

« L'imagerie cérébrale va être complétée par une IRM cérébrale à J6 de vie montrant une hémorragie intraventriculaire bilatérale associée à une dilatation entre 10 et 12 mm, confirmation de l'hémorragie intraparenchymateuse étendue fronto-pariétale droite ainsi qu'une substance blanche en hypersignal très marqué, témoin de lésions ischémiques à gauche. » Extrait du compte rendu d'hospitalisation.

Sur les clichés de l'IRM, des ombres noires et blanches racontaient l'étendue du mal. À chaque zone touchée, c'était un rêve qui s'effondrait : sa fille ne marcherait jamais/ne parlerait jamais/ne mangerait jamais, etc. Elle aurait de plus en plus de mal à commander les fonctions vitales de son corps, la respiration, le cœur, la température.

« Au vu des lésions neurologiques, une réunion multidisciplinaire est réalisée (...) Avis unanime de changement de projet de soins avec passage en soins palliatifs avec limitation des traitements (...) Les parents sont informés. Ils acceptent le projet de soins. » Extrait du compte rendu d'hospitalisation.

Le « projet de soins », cela voulait dire mourir.

Une semaine pour mourir

Comme pour les condamnés à mort bénéficiant de privilèges juste avant leur exécution, les règles immuables du service de réa néonat étaient désormais abolies. Il n'était plus nécessaire de se laver les mains avec le savon qui grattait la peau, afin d'éviter les contaminations. Il n'était plus nécessaire de mettre la blouse. Ni de mettre le masque. « Ainsi elle pourra voir votre visage », avait précisé l'infirmière.

Il n'était plus nécessaire d'avoir peur des microbes/du poids qui n'augmentait pas/des problèmes de digestion/de ces premières selles qui n'arriveraient jamais. Finalement, il n'était plus nécessaire d'avoir peur. Le pire était arrivé.

C'est en devenant parent qu'on comprend ce qu'est l'inquiétude. Celle qui ronge le ventre, coupe le souffle, transperce le cœur. Il y avait eu les petites « inquiétudes ». Celles par lesquelles on apprend le métier de parent. Celles qui vous dictent d'éteindre la radio quand on y évoque l'accident d'un car scolaire/une disparition d'enfant dans un parc. Celles qui surgissent pour une migraine, un bras qui fait mal, un ventre gonflé. Celles qui vous font haïr les piscines, et généralement tous les plans d'eau. Les fenêtres ouvertes. Les voitures qui roulent trop vite.

Et puis, il y avait la vraie peur. Celle que connaît tout parent dans l'impuissance désolée d'un couloir d'hôpital. Quand il ne reste plus qu'à poser la tête, si lourde, sur la boîte en verre où repose une petite fille fragile, bardée de tuyaux.

Il était insupportable de s'inquiéter sans cesse. Mais encore plus insupportable de ne plus pouvoir s'inquiéter.

Pardonne-moi, pardonne-moi, répétait en boucle la mère, la main crispée sur l'incubateur en verre.

Pardonne-moi, parce que pendant 24 heures, je n'ai pas pu regarder ton visage ni te prendre dans les bras, tellement j'étais dévastée de te savoir condamnée.

Pardonne-moi, car je n'étais pas là quand tu es remontée de ton IRM, tu devais avoir peur, avoir mal, et j'étais en bas, à me morfondre, à paniquer, sans toi.

Pardonne-moi, parce que je n'ai pas su te protéger et te garder dans mon ventre.

Pardonne-moi, parce que je n'ai pas pu te garder en vie.

Pardonne-moi, parce que la nuit va tomber sur toi.

Le jeudi matin, le lendemain de la condamnation à mort, la mère n'avait pas réussi à monter en réa. Il avait fallu attendre l'après-midi. Une matinée entière perdue, se disait-elle aujourd'hui, désespérée, une matinée alors que le temps était compté.

La mère n'avait plus de fièvre, alors on lui avait proposé de sortir de l'hôpital. Elle avait accepté. Elle appréhendait les nuits à la maternité, encerclée de toutes ces mamans heureuses, avec leur nouveau-né. Elle voulait rentrer à la maison, avec lui. Elle ne pourrait pas y arriver toute seule. Ouvrir un nouveau chapitre dans la vie de sa fille. Le chapitre de sa mort.

La mère était sortie de l'hôpital. Et une nouvelle routine avait commencé. Prendre le métro très tôt le matin pour rejoindre l'hôpital. Et rester dans la chambre 14 jusqu'à la nuit. Reprendre le métro. Manger, appeler sur Skype ses grandes filles gardées chez leur grand-mère. Puis tomber dans le lit, abrutie de fatigue, dans un sommeil sans rêve, un sommeil de bête.

Les infirmières avaient tenté d'adoucir la vie de la petite fille condamnée. Elle avait eu un vrai bain, dans de l'eau chaude, dans une baignoire en plastique. Son premier et son dernier bain. Le père avait pris la tête de l'enfant dans ses mains et la mère l'avait aspergée d'eau chaude, elle avait savonné ses petites jambes frêles, son dos sinueux, ses bras légers, sa peau si tendre, c'était merveilleux – leur baptême à tous les trois, le baptême d'avant la mort. La petite fermait les yeux, peut-être rêvait-elle qu'elle était revenue dans le ventre maternel, nageant dans le liquide amniotique.

Très vite, les premiers signes de dégradation étaient apparus. L'hémorragie progressait. Il avait été question de désintuber l'enfant pour lui éviter la sensation étouffante de ce serpent de plastique qui s'introduisait dans sa gorge. Mais les médecins avaient compris que la petite ne tiendrait pas et lui avaient offert un sursis. Quelques jours, une semaine peut-être, avec le tube.

Un cordon sanitaire s'était établi autour de la chambre 14. C'était une longue veillée qui commençait. Les journées s'écoulaient, longues et paisibles, c'était le matin, puis l'après-midi. Le soleil se couchait lentement, la nuit les enveloppait, ils se relayaient pour porter l'enfant dans leurs bras, ils somnolaient, ils chantaient, ils se parlaient, ils se tenaient les mains, ils regardaient l'enfant, lui caressaient les cheveux.La mère pleurait parfois.

Le temps était suspendu. La chambre de 9 mètres carrés contenait l'éternité, et dans ce sablier inversé, les gouttes de temps, de l'or liquide, s'égrenaient une à une, emplies d'un bonheur âpre et poignant.

Les nourrissons sont pareils aux nuages. Ils changent si vite. Quelques jours, et c'est un autre être qui surgit devant vous, les premières images, celles de l'accouchement, s'éloignent. Mê-Linh avait une semaine, et elle était tellement différente, la forme du visage avait changé, les traits étaient plus fins, plus affirmés, le front plus haut, sa physionomie de plus en plus familière, avec, parfois, des éclairs de ressemblance avec l'une de ses sœurs, qui les frappaient au cœur.

On lui avait ôté le respirateur en plastique qui masquait son nez, il n'y avait plus que le tube, avec ses petits pansements.

Et puis il y avait cette nouvelle compagne, la douleur. La petite fille supportait de moins en moins qu'on la manipulât. Elle avait mal, à cause du sang qui comprimait sa boîte crânienne. Elle avait déjà ingéré ses premières doses de morphine, lors de son IRM.

La première fois que la médecin avait évoqué les soins de confort, elle avait précisé que si la petite avait trop mal, « on passerait à un sédatif plus puissant : l'Hypnovel ».

L'Hypnovel risquait de l'endormir plus profondément encore. On ne l'administrait pas ou peu aux bébés destinés à vivre, car ceux-là devaient se battre, pour respirer, pour ne pas désaturer, etc., or le médicament risquait de provoquer des apnées respiratoires.

La mère avait entendu parler de l'Hypnovel pour la première fois dans un service de soins palliatifs. Les infirmières s'inquiétaient d'un patient qui refusait de prendre de l'Hypnovel qui le plongeait dans un sommeil de plomb, un sommeil déjà proche de la mort.

L'Hypnovel, c'était le philtre doucereux qui attirait les gisants vers l'autre rive. La drogue des Lotophages qui se nourrissaient des lotus, cette fleur de miel, cette fleur tentatrice qui vous entraîne dans le pays dont on ne revient jamais.

Insensiblement, sous la main, les os si tendres avaient bougé. Le crâne s'était légèrement soulevé comme la Terre après un séisme, une légère ligne de faille s'élevait, au milieu de la tête.

Et encore augmenter les sédatifs. Tout, plutôt que de voir à nouveau le tendre petit visage grimacer silencieusement. Horrifiés, le père et la mère avaient vu cette douleur silencieuse, cette pantomime désespérée et nouvelle à laquelle se livrait l'enfant. « Elle pleure sans bruit. C'est parce qu'elle est intubée. Cela bloque les cordes vocales », avait expliqué l'infirmière. Comme à la petite sirène punie de vouloir devenir humaine, on avait confisqué sa voix à l'enfant. La mère se rappelait les pleurs impérieux de la naissance, les miaulements d'insatisfaction. Elle aurait voulu fixer ces sons dans sa mémoire. Sa voix. Unique. C'était trop tard. Sa fille serait désormais condamnée au silence.

Tu as vécu 15 jours. 358 heures exactement. Et tout ce temps que j'ai passé loin de toi. Quand je devais rester au 2e étage, pour les piqûres, changer la perfusion, ou les repas. Quand je dormais. Cette négligence, lors de cette première semaine, quand je pensais au futur, quand je pensais avoir « tout le temps », quand je suis restée au 2e pour les « visites », car les visites étaient interdites au 3e. Tout ce temps que j'aurais pu passer avec toi.

J'embrasse tes mollets si grêles.

Maman.

Défilé

Toute la famille était venue à l'hôpital : sa mère à elle, son père à lui, leurs sœurs, son frère. Leur façon d'affirmer que la petite faisait tout de même partie de la famille. Sa meilleure amie avait répondu présente elle aussi. Elles avaient pleuré toutes les deux devant la petite.

Ses deux aînées avaient apporté de la joie. Un jour merveilleux, ensoleillé, radieux même. Elle les avait entendues arriver, leur pas sautillant, leurs voix flûtées. C'était A., l'infirmière très douce, qui les avait guidées. Les filles s'étaient extasiées en passant devant les autres chambres, devant les machines. « On a vu des bébés déshydratés », disait la cadette, tout excitée, qui retenait difficilement ce drôle de mot « prématuré ».

Elles s'étaient précipitées sur leur petite sœur, lui caressant les pieds, les mains, admirant son visage, guettant les ressemblances, se chamaillant pour être la plus proche du bébé. Impressionnées, elles avaient touché son crâne : on ne voyait décidément rien de cette maladie qui allait l'emporter.

L'infirmière avait proposé de faire une photo de famille. Ils avaient tous souri en prenant la pose, oui, pourquoi ne pas sourire, même si la petite sœur allait mourir, ils étaient tellement heureux d'être là, tous ensemble, papa, maman et leurs trois filles, leurs trois merveilleuses filles. Les deux grandes avaient tout de suite sorti l'iPhone, elles voulaient prendre plein de photos, filmer, « pour plus tard, pour qu'on ait des souvenirs », disaient-elles, car elles n'oubliaient pas que leur petite sœur allait mourir : elles évoquaient déjà les obsèques, le cercueil, s'inquiétaient de l'incinération. Elles s'adressaient à elle, « hé ho, tu nous entends Mê-Linh », elles voulaient que la petite fille entende leurs voix dans son sommeil, l'accompagner jusqu'à la fin. Le soir, elles choisiraient elles-mêmes les deux petits doudous qui veilleraient leur petite sœur dans son berceau en verre, et la rejoindraient dans son cercueil.

Neige

La mère ne disait rien, elle attendait.

On était en mars, et pourtant, un matin, la ville s'était réveillée toute blanche. La neige était tombée massivement, brutalement, les voitures ne circulaient plus. La rumeur de la ville s'était tue. Sur les trottoirs, les silhouettes emmitouflées se dandinaient maladroitement sur la glace : curieux défilé de manchots empereurs dans la ville de béton immaculée. Elle regardait l'empreinte de ses pas dans la neige. Disparaître.

Le silence avait changé de consistance. Il était devenu épais et collant, avec l'attente. Il n'y avait plus de visites médicales, de contrôles, d'examens, tous désormais inutiles. Restait le cérémonial des soins. Sortir la petite fille avec d'infinies précautions, sans emmêler les fils, veiller au tube d'oxygène, parfois il fallait même « pomper », actionner la pompe à oxygène, juste le temps d'opérer le transfert, car la petite ne tenait pas toute seule. Et enfin la prendre dans les bras.

Allongée dans le fauteuil, la mère somnolait ou chantait des berceuses à l'enfant, en vietnamien. Le père, avec sa grande main, prenait le visage de l'enfant, si petit dans sa paume, et de ses doigts, en traçait le contour. Tous deux se prêtaient au jeu des ressemblances. Ils étaient émus d'observer ce petit être étrange et à la fois si familier. Le père soufflait sur le visage de la petite. Arrête, tu vas la réveiller, disait la mère avant de se raviser, réalisant l'absurdité de sa réaction : la réveiller, cette enfant qui allait bientôt s'endormir pour toujours ?

Quand la médecin venait dans la chambre, ses silences s'ajoutaient au silence. Elle parlait vaguement de prise de sang, de contrôles. Puis elle repartait.

Tout le monde savait qu'un seul sujet désormais s'imposait. La mort. Quand, comment, sous quelles modalités. Il y aurait d'abord l'extubation. Le moment où l'on délivrerait l'enfant de ce serpent en plastique qui l'envahissait jusqu'aux poumons et lui comprimait la voix. Ensuite, l'enfant s'affaiblirait peu à peu, incapable de respirer seule. Combien de temps ? Entre cinq minutes et trois jours, avait dit la docteure M. Ils avaient quémandé une réponse plus précise à A., l'infirmière. « Vu son état, je pense que c'est une affaire d'heures. » La mère avait brutalement compris. Évoquer l'extubation signifiait : fixer le jour de sa mort.

Le serpent en plastique était devenu une entité vivante, menaçante, inquiétante. La mère craignait qu'il ne se fît la malle, les médecins n'infligeraient pas à la petite fille le calvaire d'une réintubation si le tube était arraché par mégarde… Quand elle prenait son enfant contre elle, elle guettait l'alarme du respirateur. Et plus encore quand la petite était dans les bras de son compagnon – l'éternelle angoisse des mères persuadées de la négligence des pères.

Le père voulait savoir. La mère, non. Et dans la chambre écrasée par le silence, se jouait une pièce de théâtre étrange, toute en joutes muettes. Plusieurs fois, la médecin était revenue à la charge, afin de fixer une date pour l'extraction du tuyau. Mais devant la mère répétant qu'elle n'avait pas réalisé que le bébé allait mourir, la médecin repartait.

Si la mère continuait à nier la réalité, comme ça, dans cet entre-deux, pendant des semaines, des mois, des années, peut-être que sa petite fille ne mourrait pas. Et la vie poursuivrait son cours, rythmée par le bip des scopes et le cœur de son enfant battant contre le sien.

Lundi passa. Puis mardi. Arriva mercredi 13 mars.

La mère avait vu A., l'infirmière, qui était là quand la famille s'était réunie, et lors du premier et dernier bain. Mê-Linh avait mal. « Elle est douloureuse pendant les soins. » Alors la mère avait rendu les armes. Elle avait dit : oui, je suis prête. Le père avait approuvé – c'est mieux pour elle, ma chérie. Docteur M. était revenue dans la chambre, vers 11 heures. Et après un dernier silence transparent, ces quelques mots :

— Je crois qu'il est temps, maintenant, de procéder à l'extubation. Votre fille ne va pas bien, il a fallu augmenter les sédations.

— Maintenant ?

Là, ils s'étaient tous les deux rebiffés. Pas maintenant, encore quelques heures.

Ils étaient sortis de l'hôpital, hébétés. L'ascenseur pour descendre. Le hall. Est-ce que les gens qui les croisaient se doutaient que dans quelques heures leur fille serait morte ? Ils avaient marché le long du périphérique, main dans la main. Il faisait froid. La neige exhalait encore son haleine de silence.

Ils étaient vivants et, dans quelques heures, leur petite fille serait morte. Ils allaient manger et dans quelques heures elle serait morte. C'était indécent mais ils avaient faim et voulaient se préparer à ce qui les attendait : l'agonie.

Ils étaient entrés dans un McDonald's.

Deux menus Best Of. Oui, avec du ketchup. Et sauce moutarde pour les nuggets. Le Ronald McDonald en plastique souriait, impavide.

À côté, il y avait une mère avec une ado et une petite fille. La première passait son temps à envoyer des textos. Elle geignait : « On retourne encore à l'hôpital ? Combien de temps cet après-midi ? »

Est-ce que la nourriture avait un goût différent ? Un goût de cendres, comme on dit dans les livres ? Non. Les Chicken McNuggets avaient toujours la même consistance molle et croustillante, ils étaient chauds, écœurants. Tout autour, la vie continuait, bourdonnante, les amoureux s'embrassaient, une mère gueulait sur ses gosses, un chômeur tapotait sur son ordinateur des CV et des lettres d'emploi, les employés du McDo nettoyaient les sols et avaient mal au dos.

Les minutes passaient, indifférentes.

13 h 17.

On y va ? il a demandé.

Elle s'est levée.

Le chemin leur sembla très long soudain. Le périphérique. L'entrée de l'hôpital. Le couloir. L'ascenseur. Puis la chambre 14.

La médecin était là. A. l'infirmière, aussi. A. prit délicatement la petite fille et la mit dans ses bras. Cette fois, pas besoin de veiller au fameux tube. La mère sentit comme chaque fois le petit corps se coller contre elle. Et comme chaque fois, dans ses seins, le lait se mit à monter, source vive, douloureuse, répondant à l'appel de ce petit corps, son bébé.

Quand Mê-Linh fut installée, doucement, tout doucement, la médecin mit ses gants et retira le tube. Découvrant le visage de la petite fille, la pureté originelle de ses traits. La mère avait l'impression de la voir pour la première fois. L'ovale délicat du front, le nez bien dessiné, les petites lèvres roses, les joues si tendres. Et les yeux limpides. Sa merveilleuse petite fille.

Tu prends des photos ? Oui, répondit le père.

Ses yeux s'ouvrirent, très grands. Laissant apparaître des pupilles d'un noir d'encre, un noir lumineux. La petite fille s'éveillait au monde. Ses yeux brillaient, mobiles, vivants. La petite fille les regardait, avide de capter le maximum de ce monde qui bientôt s'éteindrait pour elle.

Le père appuya sur « Enregistrer ». Filmer la naissance de l'enfant qui s'éveillait au monde, puis appuyer sur Stop, pour effacer ce qui s'ensuivrait – la mort.

La petite avait un air ahuri et émerveillé. Cette mine bouleversante des nourrissons pour qui chaque nouvelle sensation est une fabuleuse découverte, la lumière, le souffle d'une haleine, une caresse sur la joue. Était-ce l'ivresse d'à nouveau respirer par elle-même, d'éprouver cet effort qui jusque-là lui était épargné au moyen de la machine ? L'obscure conscience qu'il ne lui restait plus beaucoup de temps avant d'être engloutie ?

*

Déjà l'air commence à manquer. L'enfant lutte. Respirer – sa bataille. Respirer devient une bataille. Les alarmes s'affolent. La « désaturation ».

La médecin dit :

— On sait que la sensation d'étouffement est angoissante chez les adultes. C'est la désaturation en oxygène. On augmente les doses de morphine et d'Hypnovel quand cela survient.

Morphine et Hypnovel sont à leur maximum. L'enfant ferme les yeux.

— Elle commence à partir, dit la médecin.

Les parents s'attendent à voir soudain la courbe du cœur s'aplanir, comme dans les films. Mais la vie est encore accrochée à ce petit corps si frêle.

Insoutenable vision : la figure du bébé qui grimace.

— Elle n'a pas mal, rassure la médecin.

Et puis tout à coup, une convulsion, et le visage devient gris. La mère crie et ferme les yeux. Mais l'enfant n'est pas morte. On débranche les scopes, cela ne sert plus à rien, le cœur est faible, mais ce n'est pas fini.

La vie ne lâche pas prise.

Le minuscule corps est agité de convulsions violentes, il se rétracte, se contracte sur lui-même. À chaque contraction, la mère gémit, les yeux fermés. C'est un nouvel accouchement. Un accouchement à rebours qui emmène son enfant vers la mort.

Les convulsions ne s'arrêtent pas. À chaque fois, le minuscule corps bondit, animé d'une vie propre, furieux et indigné d'être emporté par la mort. Le cœur ne bat presque plus mais les muscles et la chair refusent obstinément ce qui va arriver, ce qui arrive déjà. Le grand rien. Le néant.

La médecin s'apprête à injecter un neuromusculaire pour stopper les convulsions. L'enfant est déjà partie, ses convulsions ne sont qu'une horrible illusion de vie, ses muscles ne font que réagir à l'absence d'oxygène.

Le dernier médicament a agi. Le corps s'apaise. Le voilà inerte. La mère a toujours les yeux fermés. Une larme coule sur les joues du père. La médecin dégage la poitrine de l'enfant, y pose doucement son stéthoscope. Et dit « c'est fini ».

L'infirmière reprend le bébé, enfin, plus tout à fait le bébé, quoi dire ? Le corps/la dépouille/le cadavre. Elle va la baigner, l'habiller. L'habiller ? s'étonnent-ils. Elle qui n'a jamais rien porté. Rien d'autre que sa couche.

Les parents sortent tous les deux de la chambre. Ils n'ont pas la force de baigner le petit cadavre. Plus tard, il sera replacé dans son incubateur. Dans la petite boîte transparente.

Un drap y sera déposé avant qu'il ne rejoigne la chambre mortuaire au sous-sol.

Ils avalent un café. Puis remontent une dernière fois dans la chambre 14. La mère évite du regard l'incubateur. Elle ne veut pas voir le corps dans la petite boîte de verre. Le père, lui, y tient. Il soulève le drap. Il dit : « Elle a déjà changé. »

Dans le fauteuil de la chambre 14, la mère reste recroquevillée, avec, au creux des bras, l'empreinte fantôme du petit corps.

13 mars 2013

Ce jour-là. Pendant que sa petite fille mourait, le monde indifférent continuait sa parade, absurde et grotesque.

Un nouveau pape allait être désigné. Benoît XVI avait abdiqué, il fallait lui choisir un successeur. Le 13 mars, toutes les télés du monde ont guetté la fumée du Vatican.

10 heures. Les 115 cardinaux sont réunis dans la chapelle Sixtine.

Les parents arrivent dans la chambre 14. Papa change la couche, nettoie les yeux, la bouche, avec une compresse. L'infirmière aspire les sécrétions du nez et la pose délicatement dans les bras de maman. Papa lui souffle sur le visage. Les paupières de l'enfant frémissent, telles les ailes d'un papillon.

11 h 38. Fumée noire. Il va falloir à nouveau voter.

L'enfant est toujours dans les bras de la mère. La médecin les a rejoints. La mère fuit son regard, caressant obstinément les cheveux de sa fille.

11 h 50. Les cardinaux sont partis se restaurer. Au Vatican, on ne sait rien encore.

Eux savent désormais. Ce sera cet après-midi. L'infirmière est passée pour le repas de Mê-Linh. Elle tend la petite seringue qui contient le lait de maman. 2 millilitres. « Vous lui donnez à manger ? — Oui, bien sûr ».

13 h 50. Retour dans la chambre 14. Les cardinaux déjeunent toujours.

« L'enfant est extubé à 14 heures dans les bras de sa maman sous couvert d'une neuro-analgésie par Morphine et Hypnovel. Bonne tolérance initiale de l'extubation. » Extrait du compte rendu d'hospitalisation de Mê-Linh G.

Mê-Linh sourit. Elle ouvre les yeux. Elle est belle. Papa photographie. Papa filme. Minuscule bribe de sa minuscule vie. Les cardinaux mangent toujours.

15 h 20. Dennis Rodman est arrivé au Vatican pour soutenir un cardinal ghanéen. Il pleut sur la place Saint-Pierre et les parapluies sont ouverts.

« Apparition de malaises avec apnées, bradycardies et désaturations conduisant à l'augmentation de la neuro-analgésie. » Extrait du compte rendu d'hospitalisation de Mê-Linh G.

L'enfant a fermé les yeux. Première convulsion violente. Son visage s'est contracté. Il est gris désormais. Elle qui, à la naissance, était une « enfant rose de morphologie normale, à la conscience normale ». (Compte rendu d'hospitalisation.)

Les cardinaux doivent en être au dessert.

16 h 50. Les cardinaux sont de retour dans la chapelle Sixtine.

On a débranché les scopes. Le corps de l'enfant convulse. « C'est mécanique. Les muscles ont manqué d'oxygène », dit la médecin. « Ah ! Ça nous a fait du bien de prendre l'air », se dit sûrement l'un des vieux cardinaux, avant de se rasseoir dans la chapelle Sixtine.

17 h 05. Un goéland se pose sur la cheminée du Vatican.

Les battements du cœur sont devenus imperceptibles. La médecin injecte un neuromusculaire. Le corps se calme enfin.

17 h 25.

« Décès de Mê-Linh à 17 h 25 le 13 mars 2013 dans les bras de ses parents. » Compte rendu d'hospitalisation.

Sur la place Saint-Pierre, les caméras sont toujours fixées sur la cheminée et son goéland.

19 h 05. *Habemus Papam !*, une clameur se lève. Les cloches de la basilique Saint-Pierre se mettent à sonner à toute volée.

Ils sortent de la chambre. La petite fille est morte. Le nouveau pape s'appelle François.

Ce qui reste d'elle

À vue de nez, tout tiendra dans une boîte à chaussures.

La mère écrit la liste des objets qui racontent la vie de son enfant.

1 – Les petites lunettes en tissu noir qu'on lui mettait lors de ses séances de photothérapie, sous la lumière bleue. Les infirmières les appelaient « ses lunettes de star ».

2 – Le minuscule bracelet en plastique où est écrit « BB BUI ». Pour ne pas la confondre avec les autres bébés. En même temps, quels parents auraient voulu troquer leur bébé vivant contre un bébé sur le point de mourir ?

3 – Son bracelet en plastique, à elle. Elle l'a conservé sur elle, jusqu'au dernier jour de sa petite fille.

4 – Une petite carte avec l'empreinte de ses pieds et de ses mains en peinture bleue.

5 – Son carnet de santé. Il s'interrompt page 9. « Sortie de maternité » : vierge, on est encore dans le chapitre « Période périnatale ».

6 – 24 photos et une vidéo. Soit 50 méga octets.

7 – 5 échographies.

8 – Un livret de vie avec un ruban rose et des petits cœurs sur la couverture. Celui que l'hôpital distribue aux bébés prématurés, qu'ils vivent ou meurent.

9 – Son dossier médical. Une cinquantaine de pages. Le compte rendu d'hospitalisation est un poème étrange aux mots abscons qui raconte une épopée absurde et tragique, la vie trop courte d'une toute petite fille. Tout est consigné dans les « diagrammes de soins ». De grandes feuilles taille A2, une feuille toutes les 12 heures. Les soins administrés, les médicaments ingérés, les séances de câlins avec maman, les visites. Le « comportement ». Trois notations possibles : « dort », « calme », « pleurs ». En général, il est noté « dort », car un nourrisson dort beaucoup, mais elle a un pincement au cœur quand elle remarque que la nuit après l'accouchement à 3 h 30, et que le lendemain matin à 7 heures , il est noté : « pleurs ». Elle n'était pas là, auprès de sa fille, mais dans sa chambre de la maternité à se faire piquer, prendre la tension ou peut-être dormir.

La dernière feuille est datée du 13 mars.

À 17 h 25, l'infirmière a noté DCD.

Douleur

L'EDIN est l'échelle de douleur et d'inconfort du nouveau-né. Un enfant intubé n'a plus de voix : il a donc des « mimiques de cris constants ». Le nouveau-né qui atteint le grade 4 présente les signes suivants :

1) visage prostré, figé ou visage violacé.

2) Refuse le contact, aucune relation possible. Hurlement ou gémissement.

3) Inconsolable. Succion désespérée.

Il n'existe pas d'échelle pour mesurer la peur de la mort.

À la radio, elle avait entendu Boris Cyrulnik expliquer que « les bébés n'ont aucune conscience de la mort. Ils ressentent seulement le manque ». Le psychanalyste affirmait qu'en revanche les chiens, dont le cerveau est proche du nôtre, ont conscience de la mort.

Les fourmis perçoivent l'imminence de leur propre mort. Les ouvrières les plus âgées se spécialisent dans les tâches les plus ardues et risquées, afin de préserver les ouvrières les plus jeunes et productives, et le bien-être de la fourmilière. Des chercheurs ont ainsi observé des colonies de fourmis dont la moitié, préalablement marquées, avaient été exposées au monoxyde de carbone. Toutes ces fourmis ont montré des comportements risqués, comme si elles savaient qu'elles allaient mourir.

Le chat de Schrödinger

Le chat de Schrödinger est à la fois mort et vivant.

Elle se demande quel chemin lui permettrait de partir de notre monde, où sa fille est morte, pour aller vers un monde quantique où elle serait morte ET vivante.

III

MORTE ET VIVANTE : MICROFICTIONS

« Chacun en nous, dans son silence ou pas ; chacun le recueillant
de bribe en bribe, sans avoir besoin de parler d'elle –
une autre forme de son existence –
aussi fragile, et finalement loin de tout –
nous y entrons sans ombre. »

Ossip Mandelstam

L'histoire de l'urne et de l'étage 2 trois quarts

Ce jour-là, il pleuvait fort. Tout le mois de mai il avait plu, une pluie fine, drue et si persistante, qu'on eût cru qu'elle allait dissoudre la ville, déteindre ses couleurs et consumer ses habitants. Son affreuse réalité se serait évanouie comme la craie d'une marelle sur le trottoir. Dans le quartier de Belleville, la foule se pressait, bigarrée, bordélique, et dans les rues en pente, l'eau emportait tout avec elle : bouts de papiers, mégots, fanes de légumes des épiceries chinoises, billets de Tac-O-Tac –, transformant la chaussée en une rivière de bitume et d'argent. À la terrasse du Folies, les habitués sirotaient leur café en écoutant les gouttes d'eau tambouriner sur le toit pliant. Sur le boulevard, les marcheuses armées de parapluie attendaient d'improbables clients, affrontant le déluge, juchées sur leurs talons compensés bon marché, et tirant gauchement sur leur legging mouillé qui leur collait aux cuisses. Les passants se bousculaient, les yeux baissés, engoncés dans leurs cirés, spectres effervescents dont les silhouettes se reflétaient sur les trottoirs luisants.

Elle était la seule à lever la tête. Elle avait oublié son parapluie, ses cheveux étaient trempés. Pourtant, sous le déluge, elle ne vit que ça. La petite annonce. Elle était là et bien là, accrochée à la diable sur un réverbère à côté d'autres affichettes sauvages : « Déménagement pas cher de vos meubles, appelez monsieur Kadirian au 06 02 23 22 », « L'État nous observe, crevons-lui les yeux ! ». La petite annonce était imprimée sur une demi-feuille A4. Les caractères étaient brouillés, un peu délavés par la pluie, mais on pouvait y lire distinctement ceci : « Perdu urne funéraire le samedi 1er Juin. Réconpanse argent si vous avez trouves. Appelé le 06 09 85 48 47, monsieur Xi ». L'annonce était également traduite en chinois.

Elle arracha l'affichette avec le numéro de monsieur Xi. Elle ne savait pas trop pourquoi. Ni pourquoi elle était sortie (acheter le pain ? chercher un colis ? du Doliprane ?), il était urgent d'appeler monsieur Xi.

Elle entra dans un fast-food qui proposait des gâteaux de soja. Les vendeuses la regardèrent d'un air las. Dans un coin, elle s'offrit une brioche chinoise, s'assit, puis composa le numéro, le cœur battant. Qu'allait-elle dire à monsieur Xi ? Elle n'avait pas retrouvé l'urne, mais elle lui proposerait de l'aider et de l'accompagner aux objets trouvés, rue des Morillons dans le XVe, monsieur Xi ne savait peut-être pas qu'un tel endroit existait à Paris.

La sonnerie retentit. Une fois. Deux fois. Trois fois.

Une voix répondit, chevrotante, avec un fort accent chinois.

— Bonjour, est-ce que je pourrais parler à monsieur Xi ?

— Oui.

— Vous avez bien perdu une urne funéraire ?

— Oui oui c'est pour quoi ?

— C'est pour l'urne funéraire.

— Passez au magasin. 4, rue de l'Équerre.

Et l'homme raccrocha brutalement.

Ce court échange la déconcerta. Suffisamment pour vouloir y donner suite. Elle connaissait la rue de l'Équerre, une rue biscornue qui se scindait en deux – une branche en escaliers s'engageait vers les Buttes-Chaumont, l'autre faisait un L. Mais à quel magasin l'homme faisait référence ? Elle l'ignorait.

Elle sortit précipitamment. Il pleuvait toujours. Rue de Belleville, elle slaloma entre les étals de vendeuses à la sauvette qui proposaient des cuisses de poulet séchées ou des morceaux de poulpe, protégés sous des bâches en plastique. Place Marcel-Achard, sous la pluie battante, de petits marchands étaient là eux aussi. Que pouvaient-ils vendre un jour pareil ? Pourtant, le déluge ne les dissuadait pas, ils proposaient ici une basket dépareillée, là, des piles usagées, ou encore une laisse de chien, un abat-jour en carton rose fêlé, un masseur en plastique aux picots ébréchés, tout un amoncellement d'objets absurdes, inutilisables, et détrempés. Un homme brandissait une petite basket, sans sa paire, taille enfant. « Pas cher, pas cher, madame ! » Elle se faufila entre les camions de livraison couverts de tags. Et rejoignit enfin la rue de l'Équerre. Cachée sous l'escalier il y avait une enseigne rouge et verte, « PIZZA CESAR », qui clignotait et dont l'une des lettres était cassée. Certainement celle de ses anciens propriétaires. En dessous, une autre était écrite en chinois.

Elle rentra. La boutique était déserte, remplie de télévisions.

Un vieux monsieur portant barbe blanche et tunique en satin était assis dans un vacarme effrayant. Le volume des téléviseurs était à son maximum. Dans le brouhaha, se mêlaient les voix de Julien Lepers, d'animatrices de NRJ 12, de chanteuses R'n'B sur MTV, de David Pujadas évoquant la restructuration de la dette grecque au JT.

Indifférent à la cacophonie, le vieux monsieur s'était posé devant un petit téléviseur qui diffusait Paris By Night, une émission de variétés vietnamienne dont sa grand-mère décédée était fan. La chanteuse, vêtue d'une longue robe traditionnelle rouge, fredonnait « Adieu Jolie Candy » en vietnamien, accompagnée d'un orchestre sirupeux. Le vieux monsieur chantait en chœur. Étonnant, elle le croyait chinois.

Comme s'il lisait dans ses pensées, le vieux monsieur l'interpella :

— Je suis sino-vietnamien. J'habitais à Cholon, dans le quartier chinois de Saigon, à l'époque.

Puis basculant en vietnamien :

— *Cô là người việt, bác thấy rỏ rằng !* « Mademoiselle, vous êtes vietnamienne, je le sais. »

Étrangement, elle lui répondit dans cette même langue qu'elle parlait si mal : les mots lui revenaient, elle qui pensait avoir tout oublié de sa langue maternelle.

Alors, elle lui raconta tout. Son accouchement, la mort de la petite fille.

— Oui, je sais déjà, répondit-il en vietnamien. Suis-moi, maintenant, mon enfant.

Vue de l'extérieur, jamais elle n'aurait pensé que la boutique était si profonde. À l'arrière de la pièce, une porte débouchait sur un couloir. Puis à nouveau sur une autre porte, à laquelle était accroché un petit miroir hexagonal entouré de carton, identique à celui que sa mère accrochait à la porte pour repousser les mauvais esprits. Et un calendrier chinois sur lequel figurait un dragon : 2013 était l'année du Dragon – une année faste, soi-disant. Elle ne put s'empêcher de remarquer que la date du 13 mars, date du décès de sa fille, y était entourée en rouge. Le vieux monsieur sourit :

« C'est parce que je savais que tu allais venir. »

Le vieux monsieur ouvrit la porte.

L'arrière-boutique était très sombre. Mais elle écarquilla les yeux devant son contenu.

Des centaines d'urnes.

De toutes les tailles.

Petites, grandes, moyennes.

Et sur chaque urne, une date.

— Elle est là, la tienne. Je l'ai mise de côté pour toi, sachant que tu allais venir.

L'urne de sa fille était au Père-Lachaise. Comment pouvait-elle avoir été récupérée par ce vieux monsieur sino-vietnamien qui tenait un magasin de téléviseurs ? Et pourtant, sur l'urne, deux dates étaient inscrites. 27 février 2013 – 13 mars 2013. La naissance et la mort de sa fille. C'était absurde. Un magasin de téléviseurs. Qui ne vendait même pas de télé Sony, que des Lenovo ou des sous-marques chinoises !

Le vieil homme, toujours devin, embraya immédiatement :

— C'est trop cher, Sony ! Tu payes la marque, mais le service après-vente est nul ! On apprend beaucoup de choses avec les téléviseurs, tu sais. Quand tous les programmes sont terminés et que l'image s'éteint, des points de toutes les couleurs apparaissent. Il faut alors tout enregistrer avec un magnétoscope, les vieux magnétoscopes à cassettes. Ensuite, si tu visionnes le tout en accéléré, tu peux entendre les messages des morts.

Le vieux monsieur lui expliqua qu'il était en réalité un collecteur d'âmes mortes. Il les recueillait et leur parlait pour les distraire. Son arrière-boutique contenait déjà toutes les urnes des défunts du premier semestre 2013. Certains morts étaient plus bavards que d'autres. Souvent tristes d'avoir été arrachés si vite à la vie. Et la souffrance des êtres aimés qui, seuls dans notre monde tentaient de les revoir, les empêchait de goûter à la tranquillité du néant.

Mais quel message sur le magnétoscope sa minuscule petite fille pouvait-elle laisser, elle qui n'avait pas appris à parler ?

— Tu crois qu'on a besoin de mots pour parler ? Tu es tellement naïve, enfant. Elle est toujours là, tu sais. Ouvre l'urne.

Elle saisit l'urne. Bien scellée. Il fallut forcer avec des ciseaux pour entailler la cire. Elle y engouffra une main, il n'y avait rien, pas de cendres, évidemment, elle s'attendait à attraper le médaillon, mais il ne s'y trouvait pas non plus. Juste une clé. Une clé avec un capteur magnétique.

— Retourne à l'hôpital, au point rouge, prends l'ascenseur et arrête-toi à l'étage 2 trois quarts. Ta fille t'attend.

Puis, épuisé, le vieux monsieur l'invita à quitter la pièce. Dans la boutique, les téléviseurs grésillaient. Sur les écrans, les programmes avaient disparu, la mire clignotait. On distinguait au travers des pixels des formes blanches et floues. Et des voix lointaines, l'inflexion des voix chères qui se sont tues.

Elle serait restée des heures à écouter le chant des morts, mais il était 19 heures, le vieil homme voulait fermer, il tira la porte derrière elle d'un coup sec.

Il s'était arrêté de pleuvoir. Hébétée, elle rentra chez elle, se demandant si elle n'avait pas tout rêvé. Sur Google Maps, il n'y avait aucune boutique au 4, rue de l'Équerre. Rien sous l'escalier non plus. Pourtant, dans sa main, il y avait toujours la clé et son capteur.

Ils dînèrent tous ensemble. Elle ne dit rien de sa journée. Les filles se couchèrent à 20 h 30, comme d'habitude. Le lendemain matin, le réveil sonna à 7 h 30. Après le petit déjeuner, elle emmena ses filles à l'école.

Elle glissa la main dans la poche de son manteau et sentit la clé. Non, elle n'avait pas rêvé.

Alors elle prit le métro, direction l'hôpital.

Puis le chemin qu'elle avait tant de fois emprunté, au bord du périphérique.

Elle se dirigea vers le point rouge.

Appela l'ascenseur.

Entre l'étage 2, « Maternité », et l'étage 3 « Réanimation néonatale », il y avait effectivement un bouton 2 ¾.

Elle appuya. Sortit de l'ascenseur.

En face d'elle, la même fresque qu'à l'étage supérieur : une mer bleue et une île. À ceci près qu'ici, la mer ondoyait. Elle eut un peu mal au cœur, à force d'observer le roulis des vagues. Elle se pencha en avant pour reprendre son souffle. Et fut aspirée dans le tableau.

Il y faisait chaud. Une grande maison au portail entrebâillé se dressait devant elle. Elle s'approcha, et devant la porte à digicode, sortit le capteur. La porte s'ouvrit.

Soudain, un petit vagissement surgit. Un souffle. C'était elle.

L'histoire des enfants-nuages

Le soir, Stéphanie ouvrait les placards du salon et passait de longues minutes à en observer le contenu : ses trois enfants-nuages. Ils dormaient dans trois bocaux remplis de formol. Il y avait Paul-Jean, son aîné. Il faisait quinze centimètres, la grossesse s'était interrompue vers cinq mois, mais on distinguait parfaitement les petites mains opalescentes aux minuscules doigts formés, la tête énorme, dont les traits encore mal définis esquissaient un brouillon de visage. Venait ensuite Paul-Nicolas, celui-là était si gros qu'on avait cru qu'il vivrait, elle n'était jamais arrivée si loin, plus de six mois de gestation, mais là encore, la même histoire – un enfant mort-né. Paul-Nicolas remplissait entièrement le bocal, il pesait 1,5 kilo. Venait ensuite Paul-Antoine. Encore un garçon. Lui n'avait pas atteint les cinq mois : une virgule d'enfant.

Ils étaient tous là, sur l'étagère, sa famille de petits fantômes flottant dans leur écrin de verre. Elle les admirait. Elle priait. Ses trois petits barbotant dans leur mare d'alcool ressemblaient à trois nuages flottant dans le ciel. Intouchables mais toujours présents.

Stéphanie était mariée depuis quinze ans. Le ventre cruellement vide, elle était désormais une femme âgée, ou presque. Nicolas, son mari, était officier. Elle l'avait tout de suite aimé, cet homme droit et brave, qui avait dix ans de plus qu'elle. Quand le prêtre refusa d'enterrer le premier fœtus, Stéphanie pleura tellement que Nicolas crut qu'elle n'y survivrait pas. Le prêtre ne voulut rien entendre, Paul-Jean n'avait pas vécu, il n'avait pas été touché par la divinité. Mais Stéphanie s'accrocha. Elle implora la sage-femme de ne pas jeter son ébauche de bébé. Et le mit dans un bocal à conserve, avec du formol. Nicolas, désemparé, céda. Pour les deux autres, il n'essaya même pas de lutter. Les vagues de désespoir qui saisissaient son épouse étaient telles, que la perspective d'une grossesse le terrifiait désormais.

Stéphanie répétait à son mari qu'elle avait besoin de ces bocaux. Les trois petits fantômes étaient la preuve matérielle qu'elle avait été mère, que ses entrailles avaient porté des fruits, même s'ils étaient morts. Elle n'était pas stérile. Une femme ne valait rien si elle n'était pas mère. Elle y tenait, à ce doux titre de mère. Alors, quand elle recevait des invités, Stéphanie n'hésitait pas à ouvrir l'armoire et à exhiber ses fantômes.

Stéphanie rangeait, balayait, cuisinait. Derrière les réflexes de la parfaite ménagère, elle cachait sa vraie vie, une vie d'attentes déçues et de rêves brisés. À sans cesse guetter le retour du sang menstruel, larmes pourpres et amères, une malédiction. À sans cesse espérer, puis désespérer. À ingurgiter des décoctions étranges, à prier dans des rituels d'incantation divers. En plus des trois enfants fantômes qu'elle avait pleurés autant que s'ils avaient vécu plus longtemps, il y avait eu d'autres tentatives avortées. De nombreuses fausses couches. Ce que ses entrailles recrachaient avait la taille de fèves ou celle des petits personnages qu'on plaçait dans les crèches à Noël, de toutes petites choses donc, qui contenaient pourtant tellement de rêves et de promesses. Elle les avait enterrés dans le jardin. Même si elle ne leur avait pas donné de noms, elle se souvenait de chacun d'entre eux. Désormais, le sang revenait avec une régularité d'horloge, sans même lui laisser le loisir d'espérer.

Elle avait été si jalouse des autres femmes. Celles qui donnaient la vie et avaient les seins gonflés de lait. Celles qui portaient leur ventre tel un trophée. Stéphanie se sentait rétrécir, et a contrario la nuit, elle voyait ses enfants-nuages grandir. Elle les berçait. Ils commençaient à marcher et à vaciller sur leurs jambes. Elle n'arrivait jamais à distinguer leurs visages : au moment où elle s'approchait enfin d'eux, elle se réveillait. Il fallait attendre la nuit suivante pour les retrouver.

Quand elle n'eut plus ses règles, elle se dit « Ça y est. C'est fini ». Elle était tarie. Au moins, elle n'aurait plus aucune raison d'espérer, d'attendre, de pleurer. Elle ne comprit pas tout de suite pourquoi elle se sentait si ballonnée, nauséeuse. Les odeurs la dégoûtaient. Sa poitrine était douloureuse. Elle grossissait.

Quand elle se rendit chez le médecin, elle lui confia avoir perdu la tête. Ne dites rien à mon mari, surtout. Je suis sûre que je deviens folle. J'ai l'impression que mes bébés sont en vie. Qu'ils sont à nouveau dans mon ventre. Le médecin avait toujours réprouvé cette histoire de bocaux. Il fallait revenir à la raison, s'en débarrasser. Un de ses amis de l'Académie de médecine récupérait des fœtus pour les exposer dans leur musée anatomique, justement. En attendant, il faudrait faire attention. Car sa grossesse était avancée – six mois déjà. Un miracle, à son âge !

Stéphanie se rendit à l'église pour prier Dieu. Le 30 mars 1844, un petit garçon vit le jour. Il fut prénommé Paul-Marie, même si Stéphanie l'appela tout simplement « Paul ». Pas question pour autant de céder ses enfants-nuages ! Ils étaient à elle, rien qu'à elle. Elle comptait sur eux pour protéger son fils. Son fils ! C'était tant de bonheur. Mais aussi tant d'inquiétudes. Le soir, devant ses enfants-nuages, elle priait. Protégez mon petit Paul, votre petit frère, je vous en supplie. Paul avait 7 ans quand il fut atteint d'une longue et dangereuse maladie : consumé par la fièvre, la toux le laissait exsangue. Elle crut le perdre, une nuit. Le docteur Pascal n'ayant aucun remède, le curé était venu donner les derniers sacrements. Stéphanie avait posé les bocaux au chevet du petit. Dans l'obscurité, les trois formes recroquevillées luisaient d'une clarté opalescente, tels les trois Mages veillant le petit Jésus dans l'étable. Cette nuit-là, Paul fut guéri.

Le chemin des mères est semé d'épines. C'est un Golgotha. Plus on avance, plus l'ascension est pénible. Qu'elle était naïve ! Elle avait cru être libérée de l'inquiétude et de l'angoisse quand l'enfant grandirait et deviendrait un homme ! Le cœur d'une mère n'est pas mesurable, sa capacité à endurer le chagrin non plus. Le père mourut quand Paul eut 20 ans. Elle était désormais seule, face à ce fils trop gâté, ce fils chéri à qui elle n'avait jamais rien refusé. Paul voulait devenir poète. Ce n'était pas un métier, mais il n'écoutait rien, buvait beaucoup. Trop. Il jouait. Fréquentait des femmes de mauvaise vie. Elle le crut enfin rangé quand il décida de se marier. Le couple emménagea chez Stéphanie. Paul continuait à boire et battait sa femme Mathilde, qui le quitta. Mathilde était issue d'une bonne famille, ses parents avaient toujours réprouvé son mariage, qui fut d'ailleurs dissout. La mère et le fils se retrouvèrent à nouveau seuls. Elle le nourrissait, l'entretenait, lui lavait son linge. Il était caressant, parfois, et dans son sourire malicieux, elle retrouvait le petit garçon et alors oubliait tout. L'alcool. Les coups. Elle convoquait parfois l'aide de ses enfants-nuages. « Vous mes fils en bocaux, vous qui êtes gentils avec votre mère, aidez votre frère à retrouver la raison. Aidez-moi. »

Oui, Paul était fou. Paul était damné. Paul avait des instincts que Dieu réprouve : il aimait les hommes. Stéphanie ne pouvait le renier, même si la Bible réprouvait les sodomites. C'était son fils chéri. Alors, quand il partit en voyage avec son amant, un tout jeune garçon à la chevelure de pâtre romain, elle les accompagna, paya tout, l'hôtel, la nourriture. Leurs chambres étaient contiguës, elle les entendait se disputer, se battre parfois. Et ce qui devait arriver arriva. Paul tira sur son amant, le blessa. Et il fut envoyé en prison.

Après l'avoir pleuré des mois, elle vint l'attendre à sa sortie. Il lui jura de se racheter. Désormais pieux, il priait, lui aussi, tous les jours. Ils prieraient ensemble. Sans qu'elle ait à renoncer à son culte clandestin. Tout comme ils avaient sauvé Paul de sa fièvre mortelle, ses enfants-nuages le sauveraient de ses démons et de la damnation éternelle.

Un soir, Paul revint plus enragé que jamais. Il voulait de l'argent, encore. Il commença à la frapper. « Tu ne sortiras pas vivante de cette maison ! » Il voulut l'étrangler, elle se débattait, gémissait. Dans sa détresse, murmura-t-elle le nom de l'un des frères-nuages ? « Tu m'as pourri mon enfance. C'est à cause de ces choses. J'en faisais des cauchemars la nuit. Tu es folle, rien qu'une folle ! » Paul ouvrit l'armoire et saisit les bocaux. « Au diable ! » Il les fracassa au sol où les masses aqueuses s'écrasèrent. Là, la tête de Paul-Nicolas, ici la petite main de Paul-Jean. En revanche, Paul-Antoine, l'enfant-virgule, fut écrabouillé. Paul, titubant, dérapa et s'écroula. Quelques secondes plus tard, il ronflait bruyamment.

Sanglotante, Stéphanie se mit à genoux pour ramasser les enfants-nuages déchiquetés sur le plancher.

À la porte, un bruit soudain. La voisine.

— Comment allez-vous ? Je m'inquiète avec tous ces cris. Il faut que vous vous éloigniez de votre fils. Un jour, il vous tuera, madame Verlaine.

Chère Stéphanie Verlaine,
Je relis ces vers de votre fils.

Je suis un berceau
Qu'une main balance
Au creux d'un caveau :
Silence, silence !

Ils figurent dans *Sagesse*, le recueil qu'il vous a dédié, paru en 1889. Vous étiez morte un an plus tôt. Des suites d'une pneumonie que vous aviez attrapée en allant lui acheter des cigarettes.

Un souvenir me revient. Alors que je me trouvais dans la salle d'attente de l'hôpital, pendant ma grossesse, une femme qui passait juste avant moi caressait son ventre et m'a dit : « J'espère qu'il va tenir, ce boutchou-là. J'en ai déjà perdu cinq des loulous, y a un truc qui ne marche pas dans mon ventre, ils meurent tous. »

Je ne sais pas si vous avez lu la nouvelle de Maupassant intitulée « La mère aux monstres. » Elle est parue en 1883, cinq ans avant votre mort. L'histoire d'une femme qui multiplie les grossesses. Avant d'accoucher, elle malmène tellement son corps que les nourrissons, immanquablement, ressortent déformés, handicapés, microcéphales, ou la tête enflée, en carotte, en triangle. Les enfants sont ensuite vendus et exhibés comme bêtes de foire.

Moi, avec mes deux bébés morts, j'ai comme elle l'impression d'être la mère aux monstres. Combien sommes-nous à nous sentir monstrueuses ? Et ne suis-je pas monstrueuse à exhiber, moi aussi, l'histoire de mon enfant défunte ?

Salutations sororales et posthumes,

Doan Bui.

L'histoire du gâteau

La femme cherchait à acheter une tarte aux abricots.

Impossible de trouver de vraies tartes aux abricots ! Des tartes aux pommes, aux poires, des tartes aux fraises, il y en a, en veux-tu en voilà. Mais des tartes aux abricots… Pour l'anniversaire de son fils, la femme n'entendait pourtant pas transiger : elle voulait une tarte aux abricots et rien d'autre, c'était leur rituel. Tous les ans, qu'il pleuve ou qu'il vente, elle en achetait une. Elle se souvenait encore de celle de sa grand-mère. Dans le jardin de Mémé, il y avait un abricotier. Ses fruits étaient fermes, énormes et sucrés, elle n'avait jamais rien mangé de tel. En tarte, ils se tenaient et leur goût explosait. Des abricots toniques, sucrés avec une pointe d'acidité. C'est ce qu'elle expliqua à son fils, en installant la tarte aux abricots sur la table de la cuisine. Les abricots coupés en deux étaient joliment disposés sur la pâte sablée, dodus comme des lunes orange, caramélisés et recouverts d'une pellicule nacrée. « Magnifique, mon chéri, non ? Il y a un poète qui a dit que la Terre était bleue comme une orange, mais quand je vois notre tarte, j'ai tendance à dire que la Terre est bleue comme un abricot !!! » Elle parlait très fort, sa voix résonnait dans toute la cuisine. Quatre bougies. Quatre ans déjà. « Tiens, et voilà la photo que j'ai fait encadrer ! Tu es beau comme un cœur ! »

La photo était passée à travers le filtre de nombreuses applications d'intelligence artificielle. Il permettait de simuler le vieillissement d'un visage. Elle-même, elle avait essayé son visage à tous les âges. À 80 ans, les rides creusant ses joues, ses yeux devenus tels des cratères noirs – son visage virtuellement ravagé l'avait captivée : enfin, elle découvrait une vraie version d'elle-même, de son âme vieille de mille ans, même si son miroir lui renvoyait autre chose. La photo de son fils montrait un garçonnet à joues rondes, familier : elle faisait tourner l'application très régulièrement, à chaque « update » la photo était plus réaliste, plus émouvante. Et pourtant, elle n'avait pas beaucoup de photos à donner à la machine pour faire tourner ses algorithmes. « Bon anniversaire mon chéri, je t'ai apporté la tarte aux abricots que tu adores ! Que tu es beau, mon amour ! Que tu as grandi ! »

Quand son enfant était mort, la femme avait cru mourir elle aussi. Comment reproduire les gestes du quotidien, manger, dormir ? La femme avait perdu jusqu'à la faim. Elle n'osait pas toucher à ce que contenait son réfrigérateur – tout ce qui s'y trouvait datait d'avant. Avant la mort. Alors la femme avait tout laissé en l'état. Et elle avait attendu. Puis observé. Parfois, elle ouvrait un tupperware. Une explosion de couleurs. Le riz blanc était devenu vert, avec de la mousse blanche fluorescente, orange, bleuâtre, violette. Les coquillettes s'étaient démultipliées en une étrange effloraison verte, un lichen délicat et spectral. La sauce tomate s'était ornée de taches mauves. Une crème avait tourné, sur la surface, des bulles jaunes un peu huileuses étaient apparues. Les pommes s'étaient ratatinées. Le levain s'était recouvert d'un épais liquide noir. La femme se demandait à quoi ressemblait son enfant dans le cercueil. À quelle vitesse ça se décomposait, un corps ?

Il y avait le pot-souvenir. Un pot de confiture d'abricots, en parfait état. Elle fut troublée de constater que ce pot avait survécu à l'enfant. C'était un des pots de Mémé décédée cinq ans plus tôt. Après sa mort, il était resté tout un stock de gelée de coing, de confitures de mûre, abricot, châtaigne, de conserves de tomates. Ils avaient tout mangé, mais elle avait voulu en garder un. En souvenir de Mémé. Le pot l'avait toujours rassurée, mais aujourd'hui, elle ne supportait plus l'idée qu'il eût survécu à l'enfant. Il y avait encore la date de mise en conserve sur le couvercle, et cette date était une offense permanente. Le pot de confiture avait vécu plus longtemps que l'enfant.

Elle avait donc décidé de faire une tarte à l'abricot. Ce n'était pas la saison, mais elle était parvenue à dénicher des abricots très chers dans une épicerie de luxe. Elle avait acheté une pâte, l'avait étalée. Avait ouvert le pot de confiture. La confiture était légèrement confite, mais il n'y avait aucune trace de moisissure. Elle en avait enduit le fond de tarte, puis disposé soigneusement les abricots. En demi-lune. Et enfin ajouté le sucre.

La tarte était restée sur la table plusieurs jours, sans qu'elle y touchât. Quand les abricots avaient commencé à moisir, elle s'y était attaquée. Elle avait tout mangé. Elle avait été malade pendant une semaine.

Depuis, elle achetait une tarte aux abricots pour chaque anniversaire de son fils mort. Une belle tarte, la plus belle qu'elle pouvait trouver.

Quatre ans déjà.

Bon anniversaire mon chéri !

Dear Yoko

La mère a commencé à écrire. N'importe quoi, n'importe comment. Les mille et une histoires de Mê-Linh. Et c'était doux, parce que, chaque fois, elle pouvait s'abriter derrière l'illusion du verbe. Le vertige de la troisième personne du singulier, le suave temps de l'imparfait, la bienveillance de la grammaire qui éloignait fugacement la souffrance conjuguée au présent. Elle se blottissait entre les silences des points de suspension.

Elle racontait telle Shéhérazade ses mille et une histoires au sultan, pour repousser l'inévitable, la sentence fatale, le moment où ce serait fini, où l'histoire serait close, et où il faudrait accepter de se confronter à ça : la Mort.

Pourquoi écrire sur un bébé ? Ce truc, même vivant, ne sait rien faire d'autre que pleurer et remplir ses couches. Alors mort. Pensez. L'absurdité de l'entreprise. Les bébés, vivants ou morts, sont une affaire de femmes. Frida Kahlo a peint ses bébés morts. Le 21 novembre 1968, Marianne Faithfull perd sa petite fille à sept mois de grossesse. Elle devait s'appeler Corinna et naître en février de l'année suivante. Le soir même, Mick Jagger jouera sur scène, parce que « the show must go on ». Il évoquera l'événement bien plus tard par un bref « my lady said, the baby is dead » dans la chanson « Memo from Turner ».

Le lendemain, le 22 novembre 1968, Yoko Ono fait aussi une « fausse couche », à environ six mois de grossesse, au Saint Charlotte's Hopital. L'enfant est un garçon. Il s'appelle John Ono Lennon II. Yoko lui a consacré une chanson dans un album expérimental, *Unfinished music, life with The Lions.* Dans « Baby Heart Beat », 5 minutes 10, voilà les battements de cœur du bébé, progressivement amplifiés, jusqu'à devenir stridents. Puis « 2 minutes silence ».

La couverture de l'album est poignante. Une photo de Yoko Ono, les cheveux défaits, d'une tristesse insondable dans son lit d'hôpital, avec John, allongé au sol. C'est une photo de l'amour. Du véritable amour. Les vrais je t'aime, ce sont ceux des « pour le pire ». Ils se disent dans un hôpital, quand on tutoie l'abîme, quand les mots se bousculent en vrac, lacérés par les larmes, j'y arriverai pas j'y arriverai pas mais si on s'en sortira, c'est promis, on s'en sortira tous les deux, ma chérie. Les vrais je t'aime sont ceux qu'échangent une femme et un homme, les mains nouées comme deux noyés avalés par la mer, face à leur enfant qui va mourir, ceux qu'ils se murmurent, deux épaves brisées, alors que le petit corps repose, mort, dans un cercueil. C'est ce type de « je t'aime » qu'on entend, lorsque l'on regarde la photo de John et Yoko à l'hôpital.

Chère Yoko Ono,

J'écoute les battements du cœur de votre bébé que vous aviez enregistrés lors de l'échographie. Je regrette de n'avoir aucun son de ma fille. J'ai une seule vidéo d'elle, mais on ne l'entend pas, l'enregistrement n'est pas assez précis pour avoir gardé son souffle. Je voudrais avoir une trace du battement de son cœur. Du bruit de sa respiration. Les bips des scopes qui observaient son cœur et l'oxygénation de son sang. Je voudrais avoir enregistré son cri à la naissance, puis ses vagissements de chaton.

Vous chantez « *On greenfield morning, I pushed an empty carriage all over the city* ».

Moi aussi, tous les matins, dans ma tête, je pousse ce landau vide.

Cordialement,

Doan Bui.

Petites mortes d'antan

Des enfants morts, il y en avait dans leurs familles. Il fallait juste sauter une génération. Leur petite morte avait deux grand-tantes défuntes, fantômes abandonnés, ombres floues dans la mémoire familiale. De son côté à lui, une Marie-Hélène, décédée à moins d'un an pendant l'Exode, née juste après son père. De son côté à elle, une Chị Nam (sœur numéro 5), dont elle ne connaissait même pas le prénom, qui arrivait aussi après son père. Elle était morte de faim, mais à l'autre bout de la planète, dans le maquis Viêt-minh. Elle avait 2 ans.

Est-ce que son père à lui se souvenait de cette Marie-Hélène, sa cadette ? Non, disait-il, il avait 5 ans à l'époque, mais il n'en avait aucun souvenir.

Est-ce que son père à elle se souvenait de Chị Nam, la sœur numéro 5 (qui avait perdu son numéro et son rang, elle était morte si vite) ? Son père ne pouvait plus parler, il avait oublié le langage, il arrivait juste à prononcer quelques mots, comme « *đi ngũ* », « je vais dormir » en vietnamien, mais sa mère traductrice de ses silences expliquait : « Il n'en parle jamais, pourquoi en parler, c'est le passé, ça ne sert à rien. »

Une des tantes, vivante, était retournée au Vietnam, et aidée d'un médium, elle avait tenté de retrouver l'endroit où la dépouille de la petite avait été enterrée. Elle avait vu l'enfant défunte en rêve.

Chez les Moba, au Togo, le nouveau-né n'est pas considéré comme une personne. Jusqu'à ses sept jours, il est susceptible de repartir dans l'au-delà, c'est un être de transit, on ne parle de lui que par métaphore ou par noms masqués. La mère n'a pas le droit de pleurer le nouveau-né. « C'est un ancêtre qui essaye de se manifester, c'est pour cela qu'on ne doit pas pleurer », disent les anciens.

(On ne parle pas de ça)

Elle a une pile de livres qui parlent d'enfants morts. Par exemple *Poursuivie par la lumière de la nuit*, de la romancière japonaise Tsushima. Qui écrit ceci :

« Nous arrivons difficilement à reconnaître notre vie influencée par le hasard absurde. Nous essayons de protéger notre bonheur en disant que s'il nous arrive un malheur c'est de notre faute, et que si nous sommes malheureux, c'est que nous avons été vaincus par la vie, et c'est justement pour cela que lorsqu'un malheur inattendu nous frappe, il arrive souvent qu'il s'accompagne d'une humiliation difficile à supporter. »

Elle avait reconnu ce sentiment : cette humiliation difficile à supporter, d'avoir été vaincue par la vie.

Mieux vaut taire le malheur pour ne pas susciter la compassion, disait sa mère selon laquelle ce monde hostile grouillait d'oreilles malveillantes promptes « à se repaître de nos malheurs ».

Un cordon sanitaire avait ainsi été noué autour de la mort de Mê-Linh. L'événement avait été passé sous silence.

Idem après l'AVC de son père : l'événement avait été tu pendant des mois, voire des années.

Et maintenant, elle écrivait là-dessus.

La honte disait la mère.

La honte disait le frère.

Mais on ne parle pas de ça devant les gens. Les histoires de famille. Tu es folle. Mais pourquoi tu racontes ce genre de chose.

Mais pourquoi tu racontes des choses intimes devant les gens.

Tu es vraiment malade. Tu as un problème. Tu devrais te taire.

Et pourtant elle voulait raconter. Raconter pour montrer à ses filles que non, elle n'avait pas honte de sa fille morte, qu'au contraire, elle en était fière, puisque c'était sa fille. Elle voulait raconter pour se faire pardonner d'avoir eu honte, pour tous les silences, pour les faire-part jamais écrits, les photos jamais postées, les SMS non envoyés, les « ça va ? oui, oui, super, nickel », les « combien avez-vous d'enfants ? Deux », et toutes ces fois où elle avait « gardé la face ».

Elle écrit.

Elle a honte d'écrire.

Petite sœur (1)

C'est vraiment pas juste. Chez nous, tous les bébés, ils meurent.

C'était le samedi, on est partis du Mans avec mon tonton, on a joué aux échecs dans le train. On a pris le métro et après, on est allés au McDo. Après, on est arrivés à l'hôpital, l'hôpital avec tous les bébés déshydratés. Ah non, on dit prématurés. Et puis enfin, on est allés dans la chambre où étaient Maman et Mê-Linh. Mê-Linh était très jolie. Elle avait plein de cheveux, donc c'était pas comme Bébé, plutôt comme Juliette, ma poupée avec des cheveux. En plus grand. Bébé, je l'adore. Je dors toutes les nuits avec lui.

Moi aussi je suis triste. J'aurais voulu que Mê-Linh parte de l'hôpital et rentre à la maison. Je lui aurais appris plein de choses. Elle serait rentrée dans mon école de la filouterie. On aurait sauté sur les coussins du canapé et sauté sur les lits. J'aurais pu la commander. Je sais même un peu lire, alors je lui aurais fait la maîtresse. Personne ne veut faire la maîtresse avec moi, je dois toujours obéir, et jamais être la maîtresse, parce que je suis la plus petite. Y en a MARRE.

À la cérémonie, j'étais très, très, très, très, très, très, très, très, très triste et j'ai beaucoup pleuré. Quand j'y pense, quand je vois sa photo, je suis triste. Mê-Linh est morte d'une maladie au cerveau. Maman me dit qu'on peut avoir la même maladie si on se cogne la tête très très fort. Une fois, on se promenait et je me suis cogné la tête contre le truc avec le miroir sur une voiture. Le rétrobaisseur. C'est ça. J'ai eu peur d'avoir la maladie du cerveau. On a changé de côté. Je ne veux pas que Maman meure, mais quand même ce serait vraiment pas juste si c'était moi qui mourrais en premier. Parce que je suis petite, encore. Et que c'est toujours les parents qui meurent en premier, quand ils deviennent très très vieux.

L'infirmière

« Où vont-elles toutes ces larmes qui n'ont jamais coulé ? Je me le demande parfois. On en parle souvent avec mon mari, qui est pompier. Dans nos métiers, on voit tellement de choses. Mes larmes sont restées coincées, là, quelque part. Je me suis toujours blindée. Il le fallait, pour tenir. Faire consciencieusement chaque geste, perfuser, piquer, en se dédoublant, en tentant d'oublier que l'être en face de vous va peut-être mourir, est mort, déjà. Toutes ces larmes que j'ai ravalées. Ça en fait un paquet, un ruisseau de larmes, un fleuve…

Le jour de la mort de Mê-Linh, quand on s'est dit au revoir, j'avais les yeux rouges, la gorge serrée, et cette énorme boule, coincée là, et quand vous m'avez remerciée, je vous ai dit “arrêtez, je vais pleurer, je ne pleure jamais, d'habitude”. Pourtant, quand vous êtes partis, je suis allée dans la chambre d'à côté. Et j'ai pleuré. C'était la première fois.

J'ai fini l'école d'infirmière à 21 ans. J'ai bossé d'abord comme pompier, puis au SMUR (Service mobile d'urgence et de réanimation). Le SMUR, quand on est pompier, on est soulagé de le voir arriver : ils prennent le relais quand on ne peut plus rien faire pour la personne qu'on est venus secourir… Je me rappelle ma stupeur la première fois que j'ai été face à la mort. J'étais si jeune, c'était lors de mon premier stage. Depuis, il y en a eu tant. Mais je me souviens de toutes. Cette jeune femme qu'on avait retrouvée morte le jour de Noël, sa voiture s'était encastrée dans un arbre. Cet homme terrassé par une attaque, impossible de le réanimer, nous sommes chez lui, il faut l'annoncer à sa femme, et au bout du couloir, affronter le regard inquiet de ses trois petits.

Et puis il y a les morts d'enfants. C'est le pire. Ma première mort d'enfant, c'était une MSN (Mort subite du nourrisson). On avait été appelés chez la nourrice, mais impossible de réanimer le bébé, le père était arrivé sur les lieux, un peu après, on avait mis un cordon de sécurité. C'est moi qui ai changé sa couche, qui l'ai rhabillé, qui l'ai mis dans son berceau. Je l'ai porté, ensuite, pour le déposer dans les bras de son père. Ma collègue, qui était maman, a craqué.

Nous, les soignants, on est face à la grande énigme de la vie et de la mort, on côtoie tous les jours l'impensable, on tutoie le néant, le vide. Quand on revient chez les vivants, on garde ce poids en permanence. Parfois, quand je prends un verre avec des amis, je me dis, mon Dieu, si les gens en face de moi savaient. S'ils savaient. Que ces mains, hier encore, massaient la poitrine d'un corps inanimé.

Il y a eu ce petit garçon, juste avant Mê-Linh. Il était aussi dans la chambre 14. Il est mort, je n'étais pas de service quand c'est arrivé, mais j'ai dû gérer toute la période, avant… Je me suis attachée à lui, à ses parents, et, oui, j'ai commencé à faire tomber les barrières…

Les barrières. J'en ai beaucoup parlé avec mes collègues. En général on nous met en garde, nous les infirmières. Cela ne se fait pas, par exemple, de revenir voir un petit quand vous n'êtes pas de service. Vous vous faites reprendre par vos supérieurs. Et n'ont-ils pas raison de nous protéger ?

J'en ai parlé avec K. une de mes collègues. Elle, elle est allée plusieurs fois au funérarium à la levée du corps de petits dont elle s'était occupée. Elle m'a dit que cela faisait beaucoup de bien aux parents. Ça m'a fait réfléchir. Je ne peux pas imaginer votre douleur, à vous les parents qui avez perdu un enfant. Mais je réalise que lorsque nous baissons un peu la garde, c'est aussi une façon de soulager, un peu, de partager cette peine.

Et puis il y a eu Mê-Linh. Juste avant de la prendre en charge, j'avais "fait" un décès. On s'était croisées dans les couloirs, je ne pense pas que vous m'aviez remarquée. C'était la nuit, j'ai dû appeler les parents, ils sont arrivés, mais leur petite était déjà décédée. Je l'ai prise dans mes bras, je l'ai donnée à son papa, c'était un moment douloureux et beau à la fois. La médecin continuait à expliquer aux parents ce qui allait se passer ensuite. Tout en restant parfaitement professionnelle, des larmes inondaient ses yeux.

Le vendredi, l'infirmière qui s'occupait de Mê-Linh m'a proposé de prendre le relais, car elle n'était plus de service. Une collègue a tiqué, elle savait que je venais de faire un décès, elle m'a dit, tu prends en charge Mê-Linh, tu es sûre ? Dans le service, on connaissait son diagnostic, on la savait en soins palliatifs. Et on sait ce que ça veut dire, le palliatif. Mais j'ai dit oui.

Mê-Linh m'a appris une autre facette de mon métier. Ajouter de la vie à la vie quand la mort est proche. Ajouter des jours aux jours quand il en reste si peu. Quand vos filles sont venues, si gaies, c'était une bouffée d'air frais, c'était merveilleux de vous contempler tous ensemble. Quand je vous ai vus tous les cinq, si unis, j'avais l'impression de rentrer dans votre histoire, l'histoire de votre famille, ce n'était plus seulement Mê-Linh, la petite fille de la chambre 14, mais Mê-Linh, votre troisième fille, la petite sœur de vos filles. C'était faire irruption dans votre intimité, un peu comme lorsque chez les pompiers, on surprend la mort au sein des foyers, sauf qu'on repart juste après, et qu'on n'a pas le temps d'échanger et de faire ce bout de chemin ensemble, celui que nous avons parcouru, vous et moi.

Le mercredi 13 mars, quand je suis arrivée, j'ai vu que Mê-Linh était toujours dans la chambre 14.

Son agonie. J'ai trouvé cela très long, très dur. C'est tellement inadmissible de voir mourir un enfant. Non, on ne peut pas s'y habituer.

Et puis Mê Linh est décédée.

Vous êtes ressortis de la chambre.

Je comprenais tout à fait que vous ne souhaitiez pas la baigner, morte. Moi aussi, je me rappelais encore son premier bain que nous avions fait ensemble cinq jours auparavant. Mais j'étais contente de pouvoir faire cela pour elle, sa toilette, son bain. C'était mon moment avec elle, ma façon de lui dire au revoir. Je l'ai baignée, je lui ai remis une couche, le body, le pyjama, et le drap que vous lui aviez apporté, portant votre odeur. Je l'ai remise dans son incubateur, recouverte d'un drap. Son corps est parti, deux heures après, dans un couffin en osier. C'est ce qu'on fait d'habitude. Ainsi, les parents dans le service ne savent jamais qu'il y a un décès dans une des chambres. Ils ne se rendent compte de rien quand le couffin descend à la chambre mortuaire. Il faut les préserver. Ils doivent déjà donner tellement de force, d'énergie, dans ce combat quotidien au côté de leur enfant en réa.

Le lendemain, quand je suis revenue travailler, je vous ai machinalement cherchés, tous les trois, dans la chambre 14. Évidemment vous n'étiez pas là. Mon cœur s'est serré : vous me manquiez. »

Petite sœur (2)

Chers lecteurs, laissez-moi me présenter. J'ai 8 ans. Je suis en CE1. Ma petite sœur va rentrer en CP, on sera dans la même école. J'adore ma petite sœur même si on se chamaille parfois. J'aurais bien aimé avoir une deuxième petite sœur. Mais malheureusement, ma petite sœur Mê-Linh est morte. À son enterrement, j'ai écrit un petit texte : « Mê-Linh a déjà vécu beaucoup par rapport à l'autre bébé dans le ventre. Elle est morte quand elle est heureuse et c'est ça qui compte. Et puis elle n'a pas eu mal. Elle n'a rien senti. Peut-être que pour elle, un jour, c'était un an, une semaine, 7 ans, et deux semaines 14 ans. Oui, elle n'a pas beaucoup vécu mais sa vie était bien remplie. Elle nous a reconnus, nous, toute sa famille. Elle nous a reconnus et c'est ça qui compte. »

Sarinagara

La mère est obsédée par Philippe Forest. Philippe Forest est écrivain, il a perdu sa fille Pauline d'un cancer, elle avait 4 ans, et il a écrit un roman bouleversant qui s'appelle *L'Enfant éternel.* Elle a lu tous ses livres. Elle s'est énervée sur l'un de ses ouvrages au titre mystérieux, *Sarinagara.* Sarinagara veut dire « Cependant ». C'est le dernier mot, énigmatique, d'un haïku écrit par un poète japonais qui a perdu son enfant. Tout est néant. Cependant.

Elle ne voulait pas de « cependant ».

Troisième personne

Un bébé n'a rien à faire dans une bibliothèque, écrasé entre d'autres livres. Un bébé, on le garde avec soi, dans ses bras, serré bien fort, pour le manger de bisous, respirer ses joues, pour caresser les plis de ses bras dodus. Faire de son bébé un livre, quelle horreur. Un livre, c'est nul. Ça n'éclate pas de rire, l'éclat de rire des bébés qui donne naissance aux fées, ça n'invente pas des mots jolis – tu sais maman, je vais prendre mon crayon bleu foncé pour colorier le ciel et ce sera la nuit –, un livre, ça ne sent pas bon de cette odeur de savon, de cheveux tout doux et de transpiration sucrée, un livre ça ne fait pas inventer ces mille chansons bêtes qu'on fredonne aux bébés.

Un livre, c'est bien, tant qu'il s'en tient à une histoire. L'histoire des autres.

Car je ne suis pas elle, bien entendu. Et je lis ces mots, en me disant que ce n'est pas moi qui suis « elle », cette troisième personne.

Nous aurions tous les deux souri en réalisant qu'il nous faudrait régler le maxicosy pour la sortie de l'hôpital. Pour notre retour à la maison.

J'ouvre la porte vitrée coulissante de la chambre 14. Et je te vois.

Et je tends la main pour caresser ton dos, ta tête ronde aux cheveux si doux, tes pieds minuscules. Tu ouvres tes grands yeux noirs et limpides. Tu me fais un sourire aux anges. Et je suis avec toi. Ma fille.

Juin 2013

2023

Épilogue(s)

« Quand Peter Pan eut sept jours (tout juste une semaine, voyez-vous) il trouva le moyen de ne jamais dépasser cet âge. (…) Dorénavant, il lui faudrait rester éternellement dans l'Île. Il n'était plus ni un oiseau ni un véritable Enfant-des Hommes. Mais un Quelque Chose Entre Deux. »

Peter Pan dans les jardins de Kensington

Ruban de Moebius (bis repetita)

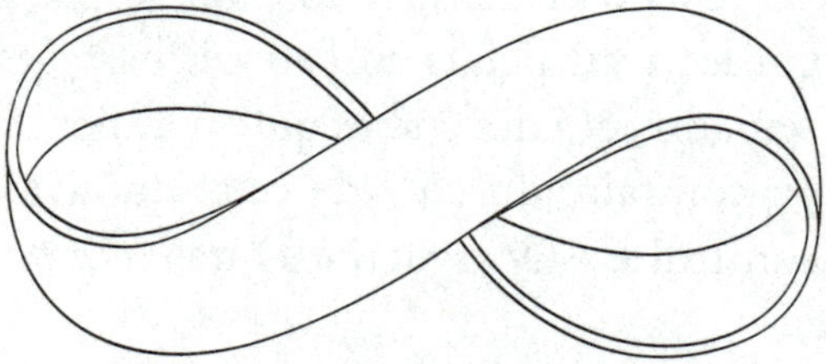

En revenir toujours à cette forme mathématique obsédante. Le ruban de Moebius qui tourne sur lui à l'infini. Métaphore de nos passés s'agrippant à nos présents, comme les ronces grimpantes s'enroulent sur elles-mêmes, buissonnent, se hérissent d'épines, rendent dérisoire toute tentative humaine d'ordonner le foisonnement, l'ensauvagement de la nature. On a beau tailler, couper, arracher, la ronce vivace revient s'enrouler autour des semis pour s'en nourrir, jusqu'à les étouffer et les tuer. L'écrivain est un jardinier qui tente de mettre en forme, de lutter contre l'entropie : un plant de tomates ou un texte, c'est idem, ça demande tant de soin et de patience pour le faire grandir, c'est si fragile, qu'au premier coup de gel ou de chaud, ça meurt. Alors parfois, le jardinier se décourage, range la pelle, la bêche : il est moulu, fatigué, découragé. Et déjà les mauvaises herbes, orties et ronces, envahissent son jardin, revenu à l'état sauvage. Celui qui écrit range la plume, moulu, fatigué, découragé lui aussi, l'illusoire édifice des mots s'effondre, la digue de sable qu'il avait patiemment élevée est avalée par les vagues, car écrire, c'est se battre contre la mer.

« Les barrages de la mer dans la plaine, c'était le grand malheur et la grande rigolade. C'était la rigolade du grand malheur. Ça dépendait de quel côté on se plaçait, du côté de la mer qui les avait fichus en l'air ces barrages, d'un seul coup d'un seul, du côté des crabes qui en avaient fait des passoires, ou au contraire du côté de ceux qui avaient mis six mois à les construire » (Marguerite Duras, *Un barrage contre le Pacifique*).

Nos vies minuscules croient avancer d'un point A à un point B, alors que nous sommes des toupies folles qui tournons sur nous-mêmes. Nous pensions que la vie, c'était filer tout droit, un jeu de marelle où l'on saute d'obstacle en obstacle, de la Terre jusqu'au Ciel. Erreur. La vie est une ronde sans fin ; au crépuscule de son existence, le vieillard redevient nourrisson, chétif, édenté, sans mémoire et sans mots, et quand vient l'agonie, le corps se convulse, on dirait qu'il accouche de lui-même, les spasmes de la mort si étrangement semblables aux contractions violentes de la mère qui donne la vie.

On croit avancer, mais on revient sans cesse sur ses pas. Ou est-ce le contraire ? On marche sur le ruban de Moebius, la randonnée n'a pas de fin, épuisante ascension dont le sommet se dérobe, toujours plus inaccessible.

Rien ne se perd tout se transforme : le ruban de Moebius est aussi le symbole utilisé pour le recyclage, les déchets reconvertis en ressources utiles. Et nous voilà, armée grouillante et obstinée de poubelles jaunes, débordant de toutes les alluvions de nos vies, névroses, obsessions et chagrins, attendant patiemment le passage de l'éboueur-alchimiste-recycleur, qui les transformera… en quoi ?

2023. La petite aurait eu 10 ans. À quoi ressemblerait-elle, l'enfant de Neverland ? Ni oiseau ni enfant-Homme, une « Quelque Chose Entre Deux » ? Elle a gardé son visage incertain de nourrisson, flottant dans les limbes, bloquée dans cet autre espace-temps, l'année zéro, l'année 2013, l'année de nulle part. Parfois, très rarement, un rêve vient hanter les nuits de la mère. La mère prend le bébé dans ses bras. Dans le rêve, elle est heureuse de le tenir contre elle. La petite est toujours un bébé, de moins d'un an. Elle ne parle pas.

*

Je-tu-elle.

Pendant dix ans, tu t'es appliquée à fuir ces mots écrits, ou plutôt vomis en quelques mois après le décès de l'enfant. Pendant dix ans, tu as été épouvantée par ce texte, par le fait de l'avoir écrit. Le fichier était caché dans les méandres du « cloud ». Tu as changé d'ordinateur, reformaté des disques durs, tu t'es fait voler des sacs à main contenant des clés USB, tu as oublié des mots de passe. Tu n'imprimes plus rien – au sens propre et figuré – et, endormie par les promesses d'éternité de Google Drive (dont le logo est un ruban de Moebius, justement), tu as perdu depuis des fragments entiers de mémoire, textes, mots, images. Comme ces mini-cassettes Video8 illisibles, ces CD inaudibles (tous ces formats technologiques changeants sont aussi fragiles que les strates fossilisées de nos souvenirs), le « cloud » est capricieux, c'est un coffre qu'on croit sûr mais dont il est facile de perdre la clé. C'est pourtant à cette entité sans visage, ce nuage mi-cimetière, mi-purgatoire, que tu as confié ce texte. Autant confier ses enfants à une nourrice alcoolique et amnésique.

Dix ans après, tu te dis que le fichier fantôme a disparu, avalé par le nuage, comme tant de ses petits camarades. Et pourtant, quand tu tapes le nom de la petite fille dans la barre de recherche, le fichier ressurgit. Intitulé « livredeM », un nom de fichier suffisamment flou pour ne pas se trahir. Le fichier a attendu là tout ce temps. Dans l'éternité illusoire du nuage.

À l'été 2013, tu voulais publier ce manuscrit comme on envoie une bouteille à la mer, tu guettais une « réponse », laquelle, tu ne savais pas trop. En réalité, tu attendais un miracle : que le texte fît revivre l'enfant. Tu as envoyé le fichier sans vraiment réfléchir à une éditrice, qui l'a lu, a voulu le publier. Peu après, tu as changé d'avis, consciente de ton leurre. Tu avais écrit et pourtant, ta fille était toujours morte. Tu te sentais trahie. Tu as rejeté ce texte, il te donnait la nausée. Pendant longtemps, il te suffirait de revoir des photos de l'année 2013 pour la ressentir à nouveau. Cette même année qui t'honorait du prix Albert-Londres. Pas de veine, les clichés de la cérémonie sont reparus régulièrement. Tu y affiches un sourire factice devant l'objectif, tu « gardes la face ». Dans ces photos, tu te vois en zombie grimaçant, vide à l'intérieur. À l'époque, il aurait suffi d'un rien, un fil, pour que tu t'effiloches complètement. Tu as galéré pour te raccommoder.

Inconsciemment, tu en as voulu à cette éditrice de t'avoir lue, d'avoir vu cette version de toi toute cassée que tu abhorrais, que tu abhorres toujours, dix ans après. Tu ne voulais pas voir ressurgir ce texte fantôme qui planait sur tous tes écrits, invisible et pesant. Tu as pris mille ans d'un coup. Ton visage s'est affaissé, pareil à un vieux sac avachi dont les coutures se distendent, lesté par le chagrin, et au fond du sac, des strates accumulées, pièces, miettes, poussières, papiers, Kleenex usagés. À ce stade-là, il faut vider le sac, le nettoyer, et tu voudrais faire pareil : frotter ton visage, l'exfolier de la crasse incrustée, celle du chagrin.

En 2016, tu publies *Le Silence de mon père* qui tente de reconstituer l'histoire de ton père, aphasique suite à un AVC en 2005. Ce livre est une barque bricolée qui slalome entre les icebergs de silence de ta famille. Il est évidemment paradoxal d'écrire un livre visant à briser le silence, tout en continuant à se taire. Dans une première version, tu expédies ton deuil en quelques mots : « En 2013, j'ai perdu ma troisième fille. » Dans le chapitre précisément intitulé « Le ruban de Moebius ».

Dans un café Pauline, ton éditrice, te glisse précautionneusement : « C'est un peu brutal, je crois que tu devrais en dire un peu plus. » Tu t'efforces alors de rajouter quelques lignes, expliques pourquoi ton propre silence pendant le deuil de ton enfant t'a incitée à écrire ce livre sur ton père. À poser des mots sur les silences de ta famille, à défaut d'en mettre sur le tien. Écrire, c'est crier sans bruit, disait Marguerite Duras. Tu as crié sans bruit. Mais dès que possible, tu t'es tue à nouveau.

Les lignes étaient pourtant imprimées, là. Quelques lignes, minuscules, perdues dans les 300 pages du récit, quelques lignes que tu ne parviens pas à assumer.

Récemment encore, au sujet du présent épilogue, il a fallu s'expliquer :

Toi : J'ai essayé d'écrire mon épilogue au je, mais je n'y arrive pas. La première personne du singulier me pétrifie, je ne trouve pas la voix. J'ai honte.

Pauline : Pourquoi ?

Toi : À l'époque, il n'était pas possible de faire autrement qu'écrire à la 3e personne. Il fallait en faire une histoire, l'histoire de quelqu'un d'autre. Dix ans ont coulé, mais aujourd'hui encore, je n'ai toujours pas apprivoisé le « je ». Ce serait plus facile de parler à la 3e personne comme en vietnamien. Je te l'ai déjà dit, je radote, il n'y a pas de « je » dans la langue vietnamienne, à part ce prétentieux « *toi* » arrivé pendant la colonisation française, ce « je » de narrateur omniscient peu employé dans la vraie vie. Ce « je », ce « *toi* » il se prononce toï mais quand on le voit écrit, on pourrait le confondre avec la 2e personne du singulier, notre « *toi* », je est un autre, mais ça n'a rien à voir, ou peut-être que si… J'essaie d'écrire avec un « *toi* » qui serait un « tu » mais c'est encore trop proche, impudique, le « tu » sonne comme un « je ». Tu sais que « *moi* » c'est un mot qui veut aussi dire « fouiller » en vietnamien ? « Arracher, déterrer, exhumer… »

Il faut toujours changer de pronom quand on parle en vietnamien, tout dépend de la personne à laquelle on s'adresse. Bref, à chaque fois que j'ouvre la bouche, je m'y perds, je ne sais plus qui je suis, dois-je dire « enfant parle à maman », comme quand je parle à ma mère, ou « grande sœur parle à petite sœur », comme lorsque je parle à ma prof de vietnamien plus jeune que moi ? C'est pareil dans ce texte, j'ai beau l'écrire en français, j'hésite sans cesse entre un pronom et l'autre. Mais je reviens, toujours, comme en vietnamien, à la 3e personne. Un « on » impersonnel, ou un « elle ». Si je pouvais, je dirais *mẹ* (mẩ). Comme la mère qui parle à son enfant. Je ne m'adresserais à personne d'autre qu'à l'enfant. Puisque, après tout, si j'écris, c'est pour elle, pour me racheter auprès d'elle.

*

Tout au long de la promotion du *Silence de mon père*, la mère appréhendait que quelqu'un la questionnât sur ces lignes où elle évoquait l'enfant mort. Un jour, elle fut invitée dans une émission de radio aux côtés d'un écrivain et d'une écrivaine venus parler de leur tragédie personnelle : tous deux avaient perdu un enfant d'une vingtaine d'années.

La journaliste avait de longs cheveux gris, un regard à la fois sage et clairvoyant, une pythie de Delphes. Quand elle les présenta, la mère se sentit démasquée.

Dans le studio, agrippée à la table, cachée sous un casque et un gros micro, elle écouta, nouée, les deux écrivains raconter l'irracontable, le deuil térébrant. Vint son tour. Elle parla de son père, de l'exil et des silences persistants, habitée par son deuil à elle, petit deuil personnel, égoïste. Elle parlait de son père, mais elle pensait à sa fille. Les mots étaient interchangeables : l'exil est aussi un deuil. Dans *Tombé hors du temps*, le livre que David Grossman écrit après la mort de son fils, l'auteur dit « je suis un exil, je suis un être effeuillé ». Elle n'était pas une exilée, contrairement à ses parents. Elle était une privilégiée. Une enfant gâtée. Née en France, dans un pays en paix. *(« Cette espèce de viet-kieu de merde, qui ne connaît rien du Vietnam, que sait-elle de l'exil, rien du tout, que sait-elle de ce qu'ont ressenti les vrais Vietnamiens, les exilés, et ça cause, et ça bavasse, et ça écrit, de la merde que de la merde, et dire qu'on fait des livres avec ça, pitoyable, ça ne vaut même pas le coup de se torcher le cul avec ! »).* Pendant longtemps, elle avait si peu et si mal compris ses parents. Il avait fallu ce deuil pour saisir. Le vide en eux, leur exil. Ce sentiment d'amputation, la perte de leur centre de gravité. Elle était effeuillée, ses parents déracinés.

Après l'émission, elle avait essayé d'échanger avec les deux écrivains. Balbutiant « Merci pour vos mots » et aussi « Je vous comprends », dérisoire tentative de « partager » des douleurs qui ne se comparent ni ne se mesurent. Elle s'accrochait à eux, une moule collée à son rocher (la colle sécrétée par la moule pour s'agripper au rocher résiste à l'eau, un miracle de la nature qui fait rêver ingénieurs et scientifiques et en fait la colle la plus adhésive du monde, et 100 % bio avec ça). Et ses interlocuteurs de tenter, poliment, de se défaire d'elle. Mais elle insiste, c'était un plaisir de faire votre connaissance, en tout cas, je vous remercie pour ce que vous avez dit tout à l'heure, je me souviens encore de chacun de vos mots, c'était poignant, vous allez par où, moi je vais à droite, vers le métro, on peut faire le chemin ensemble, ah non, vous ne prenez pas le métro ?

Elle aurait voulu former avec eux une petite bande sympa de parents endeuillés. Elle leur aurait parlé de sa fille comme ils avaient parlé de leurs enfants disparus. Avec dignité. Et retenue. Elle aurait évoqué les gasps agoniques. Avec dignité aussi. Et retenue. Elle connaissait tellement de choses sur les gasps agoniques. Ils seraient allés prendre un thé, reformant un groupe de parole comme celui des « mamans en deuil » dont elle avait été exclue. D'ailleurs, la responsable du groupe l'avait appelée récemment, mais elle, elle se trouvait alors en Suède pour un reportage sur la prostitution. Lorsqu'elle avait entendu la voix suave de la dame lui demander de ses nouvelles, elle n'avait su quoi dire : elle était en train d'enquêter sur les trafics d'escorts qu'on baladait de pays en pays, les filles étaient « on tour » disaient les pubs sur les sites, alors ça lui faisait bizarre d'entendre la voix de Mirabelle – ou bien était-ce Bianca ? –, une voix suave et sexy qui ne faisait aucune proposition salace ni n'évoquait de sexe tarifé, mais parlait de bébé mort : où en était-elle, de son deuil ? demandait Mirabelle ou bien était-ce Bianca, voulait-elle toujours intégrer le groupe de parole ? Après une brève hésitation, elle avait décliné, encore vexée d'avoir été recalée la première fois. Elle avait sa dignité, elle ne serait pas une boloss du deuil, elle était passée à autre chose, alors ciao bye, Mirabelle et Bianca, ces deux-là ne savaient pas ce qu'elles perdaient. Car il faut le dire, elle était devenue la spécialiste mondiale du gasp agonique, elle était incollable sur le curare, l'Hypnovel, l'euthanasie dont elle devint experte aussi au sein de sa rédaction : elle avait interviewé des législateurs sur la fin de vie (lors d'un entretien téléphonique, elle avait terminé en sanglots et dû prétexter une allergie pour expliquer ses reniflements), elle avait compilé des rapports, exploré le deuil sous de multiples formes, par exemple le deuil impossible devant un proche en EVC, état végétatif chronique, et face à celles qui maintenaient coûte que coûte la vie d'un mari ou d'un fils dans cet état végétatif, l'état de légume, comme dit la *vox populi*, elle avait eu mauvaise conscience : non, elle n'aurait pas supporté que sa petite restât dix ans ainsi, elle se sentait lâche, elle était une mauvaise mère, égoïste, une mère qui voulait d'un enfant qui grandirait et deviendrait adulte, une mère incapable de pousser le sens du sacrifice jusqu'à vouer sa vie à un bébé éternellement allongé dans un incubateur, branché à des fils. Elle tentait de gommer ce sentiment de malaise, alors, merci Bianca, merci Mirabelle, mais non, sans façon, leur putain de groupe de parole, ce serait sans elle.

Et pourtant, revenait, lancinant, ce besoin de parler de la petite, et devant les deux écrivains, après l'émission de radio, elle avait à nouveau ressenti cette envie pathétique : qu'ils l'acceptent, qu'ils deviennent ses compagnons de chagrin.

Décidément, elle en crevait, elle voulait toujours être intégrée dans ce satané club, le club le plus pourri de la Terre, le club des parents en deuil.

Mais pourtant, elle s'était tue. Elle savait qu'elle n'avait rien à voir avec ces deux écrivains endeuillés qui avaient perdu de grands enfants. Un enfant de 20 ans, c'est toute une vie de souvenirs, de bonheurs, de rires, d'inquiétudes, de brouilles, de réconciliations. Un enfant de 20 ans a une histoire. Sa fille de quinze jours, que pesait-elle à côté ? Rien. Fermez le ban. Son deuil était minuscule, proportionnel à la courte existence de l'enfant disparue. 358 heures. Ridicule.

Déjà, ma vieille, tu vas arrêter avec cette manie d'écrire : « enfant », « petite fille ». Ce n'était qu'un bébé ! Et encore, né prématurément ! Un deuil PÉRINATAL. Un deuil périphérique qui, dans la géographie du chagrin, devait s'exiler dans une banlieue lointaine et inintéressante, un péri-deuil, aussi low cost que les zones périurbaines à l'architecture monotone. C'était rien, nada, son histoire. Capisce ?

Les deux écrivains s'étaient éclipsés. Elle était restée seule sur le trottoir. S'était mise à pleurer. Elle ressemblait à une folle. Oui, voilà ce qu'elle était devenue. Une pleureuse, une chialeuse, une emmerdeuse. Bienvenue à Victime-Land. Ah, elle était bien le produit de son époque. Je chiale donc je suis. Génération Ouin Ouin. Mais on n'en a rien à foutre de vos états d'âme. Calmez-vous, Madame, vous êtes hystérique. Tenez vos nerfs. Tenez-vous, tout court. Quand même, vous n'allez pas en faire toute une histoire. De votre histoire de bonne femme. Y a pas mort d'homme !

C'est vrai, il n'y avait pas mort d'homme : les anthropologues racontent que chez les Vendas d'Afrique du Sud, il est interdit de pleurer la mort des « bébés eaux », des « nourrissons sans dents ». Ils ne sont pas considérés comme des êtres à part entière.

La honte demeurait, bien ancrée en elle. D'avoir écrit et d'écrire sur ça. Dans sa famille, on détestait les gens qui parlaient de « ça » : la maladie, la mort, les accidents de la vie. On trouvait ça gênant. C'était intime, ces choses-là. Ce n'était pas correct d'en faire état. « Toujours ta manie d'aller ressortir de vieilles histoires, c'est insupportable ! », lui lançait sa mère. Les « vieilles histoires » concernaient en général des histoires de morts. Des histoires d'enterrements, de gens de la famille décédés, qu'il fallait escamoter et cacher. Quand elle ressortait du placard l'histoire du bébé mort, ça gênait tout le monde.

Elle avait donc conscience, avec ce livre, d'enfreindre une règle établie. Elle-même ne disait à personne qu'elle travaillait là-dessus. Elle avait honte de s'adonner à cette occupation, l'écriture, honte de déballer son sac. C'est tellement plus propre, plus chic, un sac bien fermé. Surtout un sac de bonne femme.

« Je ne pouvais abandonner ce paquet solidement ficelé, il fallait que je le reprenne avec moi. Je le porte encore aujourd'hui et plus d'une fois je l'ouvre et le défais pour refaire le paquet et le ficeler… Et quand je défais le paquet, et en plus devant témoins, comme à présent, en déballant ces phrases grossières et brutales, et souvent aussi, sentimentales et banales, (…) je n'ai pas de pudeur, (…) seul écrit celui qui n'a pas de pudeur, seul celui qui est sans pudeur est capable de se saisir de phrases et de les déballer, et de les jeter, tout simplement sur le papier », Thomas Bernhard.

MATER ORBA

« Oui, la fenêtre était ouverte (...) Il la franchit d'un bond et trouva sa chère maman endormie. Son bras était étendu sur le couvre-pieds, il était facile de voir qu'elle aurait aimé tenir un bébé dans ce bras. Elle rêvait à son bébé Peter, qui avait disparu alors qu'il n'était âgé que d'une semaine. Elle n'avait jamais découvert ce qui lui était arrivé depuis et c'est ce qui la faisait pleurer. »

Peter Pan dans les jardins de Kensington

« Il n'y a pas de mot pour désigner un parent endeuillé ». Cette phrase a été écrite un nombre incalculable de fois. C'est un cliché. Les clichés nous collent au cerveau, ils s'agglomèrent, forment une écorce mentale poisseuse qui parasite le langage : quand on s'en défait, on se sent soudain mieux, léger, mais les clichés sont plus malins que nous. S'ils nous rattrapent obstinément, c'est qu'ils révèlent une vérité bien plus profonde qu'il n'y paraît.

Il y a plein de trous dans les langues. Plein de mots manquants. La langue est comme un bon vieux pull grignoté par les mites : on s'enroule dedans, impossible de s'en séparer, la laine est douce, ne gratte jamais, alors on le raccommode à l'infini. Idem de la langue : les périphrases en sont les coutures qui cachent les trous. Il faudrait se déshabiller de sa langue, en essayer une autre, étrangère, poser un regard neuf et soudain voir sa propre langue, avec tous ses mots manquants. Il n'y a pas de mot pour désigner un « parent endeuillé » en français, ni d'ailleurs dans d'autres langues indo-européennes, c'est vrai. Mais cela ne signifie pas que la situation est innommée, innommable. Car le mot existe dans d'autres langues. En arabe, il existe le mot *tkla* (privé d'enfant) ; en sanscrit le mot *mrtapraja*, et en hébreu, *shakul*, dérivé du persan *sakul*.

En grec, le mot *orfaneia*, désignait le fait de « perdre son enfant ». L'adjectif *orphanè* s'appliquait autant à l'enfant sans parents qu'aux parents sans enfant. En latin, le participe passé *orbatus* signifiait « privé d'un membre de la famille » ou « privé de ». Son dérivé en romain est le mot *orba*. La *Mater Orba,* est la mère dont l'enfant est mort. Pourtant, après le Moyen Âge, le mot *Mater orba* a disparu. Il n'est même pas rentré dans les expressions populaires comme *Mater dolorosa*. C'est la vie des mots. Parfois ils disparaissent et sont remplacés par d'autres expressions aseptisées : notre langage moderne regorge de ces périphrases ronflantes – technicien de surface, agent d'entretien, auxiliaire de vie, hôtesse de caisse – qu'il transforme même en acronymes parfois – SDF pour clochard, PVD pour pays pauvres… On ne parle pas encore de « PEM », parents d'enfants morts.

Il faudrait partir à la recherche de ce mot porté disparu. Les mobiles du crime sont légion. Des linguistes expliquent ainsi que la *Mater Orba* serait très vite devenue une figure encombrante et socialement inutile. D'abord, elle était impie. La mère qui pleure refuse la consolation de Dieu et ses promesses de résurrection – c'est mal. Il fallait s'empresser d'oublier l'enfant raté puisque mort, pour engendrer d'autres rejetons qui viendraient peupler la nation, des enfants bien vivants, utiles socialement. Le silence a donc étouffé les larmes des mères, ces mères qui risquaient la mort en donnant la vie, les mères qui donnaient naissance à des enfants morts, les mères dont les enfants ne grandiraient jamais, les mères incomplètes, les mères imparfaites, les mères qui ne remplissaient pas leur fonction nourricière. La langue s'est chargée du reste : elle a effacé le mot pour les désigner, elles, les mères aux bras et ventres vides.

L'enfant mort est quant à lui devenu l'« innommé ».
Et plus exactement un « produit innommé ».

« L'être qui vient au monde avant ce terme [de 180 jours], privé non seulement de la vie, mais des conditions organiques indispensables à l'existence, ne constitue qu'un produit innommé et non un "enfant", dans le sens que le législateur a attaché à cette expression [...] ». (Arrêt de la Cour de cassation, 7 août 1874).

Parfois, on a dit « déchets organiques ». Ou, en anglais, *remains of pregnancy*, « restes de grossesse ».

On retrouve la genèse du mot *Mater Orba* dans les travaux de la linguiste Catherine Ruchon. Elle y rappelle que de nombreuses mères ont lancé des pétitions pour inventer de nouveaux termes (par exemple l'agaçant « mamange ») et les imposer auprès de l'Académie française, seule capable de leur offrir un « statut ». En vain. La thèse de Ruchon s'intitule : « Les maternités douloureuses dans l'espace numérique. » « Vous avez eu des maternités douloureuses » : c'est précisément l'expression qu'avait employée la gynécologue en s'adressant à la mère de ce texte.

Les gynécologues, les obstétriciens, les sages-femmes le savent. La douleur est souvent synonyme de maternité – la *mater* est forcément *dolorosa*. Elle est inhérente à la condition de femme : cela fait des siècles qu'on enseigne aux femmes qu'il faut endurer et se taire. Hécube qui pleure ses enfants morts n'est-elle pas transformée en chienne ? Écoutez le chant religieux *Stabat Mater* :

Stabat Mater Dolorosa : la mère était debout, gémissante de douleur…

La mère est toujours *stabo*, elle tient debout. La mère doit souffrir, puisqu'elle est mère. La mère endure. « La femme sécrète son propre désespoir tout au long de ses maternités », écrit Duras. Et ce désespoir reste conjugué au singulier, car la mère doit souffrir seule, et en silence. Au pluriel, toutes ces lamentations, sanglots, chagrins risqueraient de nous assourdir.

Car elles sont si nombreuses celles qui pleurent, elles pleurent le ventre vide ou infertile et elles sont prêtes à tout – s'injecter des hormones, maltraiter leurs corps, casser leurs dos, se déchirer les ligaments, devenir dingues, tout ça pour gagner cette couronne d'épines et de sang, la couronne maternelle, dont chaque femme sait qu'elle n'arrivera pas à la porter, car la barre est trop haute, et elles pleureront encore et encore de ne pouvoir y parvenir. Mais quand l'enfant paraît, soudain le corps, la tête, le cœur, le cerveau cèdent, tout cède et la mère se découvre – folle, dépressive, en colère, impuissante, insécure, intranquille, dangereuse, imprévisible, car toujours la pensée revient, entêtante, obsédante, la peur d'être : une mauvaise mère. Et la pire mère d'entre toutes : celle qui a perdu son enfant.

Le « planctus » était un chant de lamentations qui s'adressait aux héros tombés à la guerre. Catherine Ruchon compare le chagrin qui s'exprime sur les forums de mères endeuillées à un « planctus » numérique. Il constitue un monde parallèle où surgit une lamentation collective et clandestine – chacun des membres s'exprime sous pseudo – dans des chaînes interminables de messages, avec leurs rites, leur vocabulaire, leur grammaire. Il s'y dit ce qu'on n'exprime jamais en public. Parler de « ça », c'est avouer qu'on a failli. Alors la mère se tait. La mère reste seule avec son silence. La mère veut rester héroïque. Parler d'un bébé mort, c'est comme parler d'une fausse couche, c'est comme parler de tous ces « problèmes de bonnes femmes », tout ce qui concerne la chose, là, en bas, cette béance, ce trou aveugle, où ça rentre, où ça sort, excrétions, sang, fausses couches, avortements, sexe, viols, douleur… Ce n'est pas noble, c'est gênant, indécent même, voilà pourquoi il n'y a guère que dans les sous-sols du Web que ça se fait, parler de « ça », et toujours entre femmes. Mais quand le murmure numérique se tait, chacune reste dans le dégoût d'elle-même. Car la mère qui n'a pas réussi à être mère a l'impression de n'être plus rien, de s'être perdue. C'est quoi le statut d'un parent qui n'a plus d'enfant ? Est-on encore « maman », si personne ne prononce le mot ? C'est si sournois ce deuil qui vous prive de votre identité.

*

Au fil des ans, il te fallut comprendre qu'avec le deuil de l'enfant, un autre deuil commençait : celui de la maternité. C'en était fini de tout ça, tu n'aurais plus le courage d'endurer une autre grossesse, ses affres, et l'insupportable peur, ce tête-à-tête entre la vie et la mort. Et avec ce deuil, tu aurais la désagréable impression de ne plus rien valoir en tant que femme, comme si ta seule valeur était indexée là-dessus : sur ta capacité à enfanter, à fabriquer un enfant en bon état de marche. Tu te croyais féministe, mais les idées féministes, le désir de liberté et d'affirmation de soi n'ont plus pesé grand-chose dès lors que le désir irrépressible d'enfant l'a emporté. Dans ta vie, rien n'a été plus important que la maternité. Rien ne t'a satisfaite autant que cette nouvelle condition de mammifère allaitante : d'abord vache à lait, puis mère nourricière préparant à la chaîne compotes, soupes et gâteaux, et compilant les recettes trouvées sur marmiton.com. Rien ne fut plus addictif que cet esclavage volontaire, cette soumission aux besoins de ta progéniture. Rien ne fut plus exaltant que ce privilège : partager le monde étrange et fantastique de l'enfant, ce monde de l'imagination, des rêves et du jeu, et replonger ainsi, par magie, dans ce continent oublié et perdu de l'enfance, de ta propre enfance. Et tandis que tant de tes amies rageaient de n'être plus réduites qu'à cela, « maman-de », se révoltaient contre l'asservissement couches-nuits-tétées, s'agaçaient des institutrices ou des animateurs du centre de loisirs qui n'avaient plus que ce mot à la bouche « maman-de », se rebiffaient à l'idée de rejoindre ce nouveau clan des sans-nom où elles n'avaient d'existence qu'associée à leur seule progéniture – (dans les répertoires de téléphone et les boucles WhatsApp de l'école, les « maman-de »), toi, tu avais aimé endosser cette nouvelle identité : Maman-de. À la maison, tu ne parlais plus qu'à la troisième personne. Maman a préparé la soupe, Maman va prendre tes chaussures, Maman va vous lire une histoire. Tu avais effacé le « je ». Tu étais « Maman ». C'était merveilleux.

Ventre

En vietnamien, l'âme n'est pas dans le cœur ou les poumons. Elle est dans le ventre. Le *bùng* (ventre) le *lòng* (tripes, ventres, entrailles), le *dạ* (estomac). On a un bon fond, donc un bon ventre *tốt bùng*, on a l'estomac éclairé *sáng dạ*, on est hypocrite, sans tripes *thật lòng*. On a non pas le cœur triste ou gai, mais le ventre triste ou gai. La colère, l'amour, la peine palpitent, là, dans le ventre.

L'âme est dans le ventre : c'est ce que redécouvre la femme, quand elle est enceinte. Ce ventre, elle le chérit, le protège, le craint, telle une divinité mystérieuse. Elle en guette les mouvements secrets, les frémissements, les élancements. Le ventre abrite la vie, le ventre protège l'enfant.

Après la mort de la petite fille, elle avait gardé son ventre de femme enceinte. Le ventre avait juste changé de matière. Il n'était plus dur et plein, mais mou et plein. Le ventre demeurait, refusant de disparaître, à tel point que ses filles s'étaient à l'époque demandé si tout cela n'était pas un rêve : peut-être que leur petite sœur n'était pas morte, peut-être qu'elle était encore là, finalement, dans le ventre de leur mère.

Elle aussi avait longtemps été victime de cette illusion. Un gargouillement, un pincement, et elle partait en vrille. Elle croyait sentir sa petite. Les premières sensations, les bulles dans le ventre, elle les ressentait.

Après la naissance de ses deux premières filles, dans l'épuisement des nuits, des tétées, elle avait très vite vu son ventre fondre. Pour la benjamine, l'enfant morte, rien n'y fit. Le ventre faisait de la résistance. Il était encore là, dix ans après. Un dernier vestige, inscrit dans son corps. Elle mourrait certainement avec.

Il paraît que de nombreuses femmes connaissent ces épisodes de « grossesse fantôme ». Une farce de leur cerveau, une illusion neurologique, subie également par l'amputé qui souffre de son membre manquant.

Vết thương

Le manuscrit a ressurgi alors qu'il effectuait un grand rangement de l'appartement. « Qu'est-ce qu'on en fait ? » Elle, énervée : « Jette-le à la poubelle, puisqu'il faut faire de la place ! » Elle détestait jeter, rechignait à faire le tri, et après chaque grand rangement récupérait *in extremis* un objet, ou un dessin d'enfant. Il était rare que le sujet tabou, la mort du bébé, revînt sur le tapis. Elle était énervée car elle se sentait coupable : le manuscrit était la preuve de sa faute, il le réprouvait, elle en était sûre, d'ailleurs elle n'était pas loin de le réprouver, elle aussi. Mais oui, jette ça, bon débarras.

Elle se souvenait de leurs muettes escarmouches concernant la photo de la petite. Pendant longtemps, l'image avait trôné en plein milieu du plan de travail, dans la cuisine, juste devant le grille-pain. Chaque fois, il la poussait, de quelques centimètres. Elle la remettait à sa place. Sans un mot. Elle tenait à cet emplacement. Visible, central. Parfois, un visiteur curieux, des enfants, surtout, l'interrogeaient, et elle s'empressait de répondre, même si sa réponse jetait systématiquement un froid. Dans ces moments-là, elle avait l'impression de se racheter pour tous ceux où elle avait effacé la petite (Vous avez combien d'enfants ? Deux). Un soir, à l'été 2020, elle constata que la photo avait migré. Elle se trouvait désormais dans la bibliothèque, à côté de l'urne de son père à lui, décédé peu de temps auparavant. Elle n'osa y toucher.

C'est en relisant le Texte-Du-Placard qu'elle (re)découvrit que la photo avait été retouchée pour effacer la trace du pansement maintenant le tube d'intubation. Vertige. Cette photo, si souvent contemplée ces dix dernières années, était donc fausse. Cette image, artificiellement parfaite, s'était substituée à tous les visages de l'enfant. Elle l'avait oublié.

Je n'ai toujours pas le courage de regarder les 23 autres photos. Ni même l'unique vidéo que nous avons d'elle.

La mémoire se construit avec ces briques de vie, les photos, les vidéos, qui forment l'ossature du récit familial. C'est un catalogue réconfortant, comme le catalogue Ikea, on aime le feuilleter, on le connaît par cœur, on y retrouve les mêmes meubles et objets, on commente, on critique, on rêvasse, on rigole. On s'attendrit de la démarche hésitante du bébé qui fait ses premiers pas, on se délecte des premiers mots bégayés – cette bande-son qu'on pourrait repasser inlassablement –, on s'émerveille d'entendre à nouveau les petites voix flûtées, les rires qui tintinnabulent, ces mille petites séquences volées à l'oubli. Avec le numérique, ils avaient collecté tant de ces instants, c'était vertigineux, bien plus qu'une mémoire humaine ne pouvait retenir, ils pouvaient « scroller » sans fin dans ce flot d'images de leurs filles.

De la brève vie de la troisième enfant, il y avait eu si peu d'images. Et pas un seul son. En seulement dix ans, son visage, la réalité de son visage, ses contours, la douceur de sa peau, la forme de ses yeux, tout cela était devenu flou. Et pourtant, quel plaisir elle avait eu à observer la merveilleuse mobilité de son visage de nourrisson, changeant comme les nuages. Mais les nuages ne s'attrapent pas.

Seul lui restait le souvenir de la douleur, bien précis. Sois sage ô ma douleur et tiens-toi plus tranquille… Quelle blague. La douleur est un chien enragé, qui cogne et mord. Aujourd'hui, le chien a vieilli, moins alerte, il se réveille parfois encore aux moments les plus inattendus, et quand il cogne à nouveau, plus rarement c'est vrai, elle n'a plus peur de ses morsures. Elles sont la preuve que non, elle n'a pas oublié.

Elle a récemment numérisé tous les films de famille. Exhumé des images, des sons, de personnes chères aujourd'hui disparues. Ensemble, ils les ont regardés. Ils les chérissent, traces précieuses de ce qui fut. Pourquoi tous les films de famille, même anonymes, sont-ils si poignants ? Parce qu'ils sont de doux mirages, l'illusion de nos vies : ces images ne capturent que les moments heureux, ou qui semblent heureux, des instantanés que nous regarderons à nouveau, avec nostalgie et regret, et que nous afficherons, que nous partagerons sur nos messageries, sur nos réseaux sociaux. La mort, la maladie et le chagrin ne se partagent pas. Voilà pourquoi il fallait effacer la trace du pansement, qui rappelait le service néonatal de l'hôpital. Elle aussi voulait que cette photo qui serait exposée aux regards, fût celle d'un bébé « comme les autres ».

Cela fait dix ans et je suis toujours incapable de me confronter aux photos où l'enfant est bardée de fils et de tubes.

Est-ce parce que ces clichés ne sont liés qu'à la souffrance ? À quelque chose qu'elle veut effacer ? En vietnamien, le mot « aimer » et le mot « souffrance » est le même : *thương*. *Vết thương*, la blessure. *Vết*, c'est la trace, la marque. Marque de souffrance, donc blessure.

La première fois que j'ai entendu ce mot vết thương, *j'ai entendu « marque d'amour »*.

Amour et Souffrance dansent un tango à deux, pareils à des enfants siamois. Vouloir effacer la douleur, c'était aussi nier l'amour.

Et fermer à tout jamais la fenêtre qui donne sur Neverland, le Pays de Nulle Part, où errent les enfants qui ne grandiront pas.

Neverland

Le pays des enfants perdus existe. C'est un monde parallèle au nôtre, effrayant, invisible : les enfants s'y volatilisent, échappent aux radars, aux chiffres, aux statistiques. Les enfants perdus n'ont pas de nom, pas d'âge, pas d'identité. Où sont leurs parents ? Nul ne le sait. À Neverland, le Pays de Nulle Part, le pays où les enfants ne grandissent jamais, il y a des trains, des barbelés, des camps. Et des capitaines Crochet partout. Parfois, il faut se cacher dans des camions, se glisser dans un carton, ou derrière des palettes de marchandises. Affronter la mer dans un canot, sans savoir nager. Pour arriver quelque part, vers l'inconnu. Parfois, un numéro de téléphone aura été cousu dans le col d'une chemise, ou écrit dans la semelle d'une chaussure. Les enfants perdus attendront, sur un banc d'aéroport ou de gare. Passant d'un capitaine Crochet à l'autre. Parfois, ils disparaîtront. Tant d'enfants s'évaporent aux frontières. Entre 2018 et 2020, 10 000 enfants ont disparu en Europe, selon les statistiques d'Europol.

« *Je suis le plus souvent à Neverland avec les petits Garçons perdus. Ce sont des enfants qui sont tombés de leurs voitures quand leurs nounous ne faisaient pas attention à eux ; alors les Fées les ramassent et s'en occupent pendant sept jours. Puis si personne n'est venu les réclamer, on les envoie à Neverland.* » *Peter Pan.*

Le pays des enfants perdus existe, juste devant nous, mais souvent, nous sommes incapables de le voir. Ces dix dernières années, j'ai erré de-ci, de-là, au gré des événements – « des reportages » –, ça comblait les vides. Comme une puce, un parasite se nourrissant du sang de ses hôtes, je sautais de drame en drame. J'ai dans ma tête une cartographie de malheurs, une géographie des morts, elle passe de Lampedusa à Lesbos, Kos, file sur la route des Balkans, se pose sur des plages du Sénégal où se lamentent des mères et des veuves, bifurque à Sandy Hook, dans une école américaine ensanglantée par un tueur fou. Je me suis abreuvée des larmes d'inconnus, j'ai pleuré avec eux et elles, j'ai nagé dans des océans de larmes, des milliers de chagrins, les chagrins des autres. Et dans cette mer de larmes, immense et étale, je voyais mon reflet vide, séparé de moi-même, l'ombre sectionnée de Peter Pan, l'orphelin abandonné, *the boy who hated mothers* (c'était le titre original). J'écoutais et je collectais les peines. Je ne savais pas ce que je cherchais. L'ombre arrachée de moi-même continuait à me courir après, même si je pensais avoir coupé le fil. Et avoir fermé la fenêtre, comme la mère de Peter Pan.

« *De toute sa vie, Peter n'avait jamais éprouvé une émotion pareille. "Maman, maman, me voici, je suis revenu !" Mais elle n'entendait rien. Alors il donna de grands coups de pied sur les barreaux et tambourina avec ses poings sur les carreaux. Il ne réussit qu'à se faire mal, tandis que barreaux et carreaux n'en avaient cure.* »

Il a fallu une guerre pour renouer le fil. Ou plutôt pour comprendre qu'il avait toujours été là.

Le 24 février 2022, la Russie envahit l'Ukraine. Une semaine après, je pars vers la frontière polono-ukrainienne pour raconter l'exode désespéré des réfugiés ukrainiens. Ces images, je les ai vues mille fois. Les objets et les choses, futiles reliques de la vie d'avant, entassées dans des sacs à dos ou des valises. Les lits de camp alignés en rang d'oignon dans des endroits improbables, un théâtre, un centre commercial, un gymnase. Les mères qui chantent des berceuses à leurs enfants qui somnolent ou qui pleurent.

Le soir, je fais des cauchemars. Revient en boucle le visage d'une toute jeune adolescente afghane et de ses deux petits frères. Et son grand sourire juvénile constellé de bagues dentaires. C'était en Hongrie, à l'automne 2015, lors de la « Crise des réfugiés » comme on l'a appelée. La Hongrie vient alors de construire un mur le long de ses frontières. La gamine a 14 ou 15 ans tout au plus, mais tient les mains de ses deux frères avec une sollicitude toute maternelle. Afghanistan, Iran, Turquie, Grèce, Bulgarie, Serbie, Hongrie… Elle ne sait plus trop depuis quand elle voyage, avec ses frères elle marche sur la route, jusqu'où, elle ne sait pas, il paraît que la Suède, c'est formidable, me dit-elle. Elle voudrait que nous la prenions dans notre voiture, mais mes collègues me disent que c'est impossible, nous nous ferions arrêter par la police, la Hongrie vient de voter une loi qui criminalise l'aide aux migrants, et plusieurs journalistes et membres d'ONG ont déjà eu des soucis. Je n'ai que 20 euros sur moi, je les lui donne. Je veux prendre le numéro de téléphone de la gamine, mais son mobile ne marche plus depuis qu'elle a traversé la frontière, il va falloir qu'elle trouve une carte SIM. Nous repartons. Dans le rétroviseur, je les vois là, seuls sur la route, qui progressivement s'éloignent et disparaissent. Je n'ai jamais su si la petite avait réussi à rejoindre la Suède. Cette petite, dont je ne me rappelle même plus le nom, s'est peut-être elle aussi évaporée. Comme les 10 000 autres qui se sont évanouis aux frontières. Je l'ai abandonnée. Et la culpabilité me ronge, me hante, se mêlant confusément à une autre culpabilité, muette et refoulée, la plus douloureuse de toutes, celle d'avoir abandonné mon enfant perdue dans une chambre d'hôpital. « Je suis là », murmurent les mères, agenouillées près du lit d'un enfant qui a peur. Une mère, c'est celle qui est là. Une mère, ça n'abandonne pas.

« *Peter se crut obligé de l'avertir. "Es-tu certaine que ta maman voudra encore de toi ? Et si tu trouvais la porte fermée ?*

— La porte sera toujours ouverte, affirma Maimie, et maman m'attendra, toujours." »

Je suis à Lampedusa. Sur la plage, un cimetière d'embarcations qui ont échoué sur le sable et vomi leur cargaison, bouteilles, papiers d'identité, photos, peluches. Des militants ont ramassé les objets, ils en ont fait un musée de bric et de broc sur l'île, un musée du silence et de la disparition, ce sont les seules traces du passage des anonymes. Ironie tragique et surréaliste : une basket Nike, un blouson ou un ourson made in China. Les choses, même les babioles en plastique low cost, sont plus solides qu'une vie humaine.

Une femme enceinte est morte dans un naufrage, le bébé est sorti pendant qu'elle se noyait, et on a retrouvé le corps de la femme, avec au bout du cordon ombilical, l'enfant toujours attaché. Un pêcheur raconte avoir retrouvé un bateau : dans sa coque, une dizaine de morts dont une mère serrant son bébé sur sa poitrine. « On a eu du mal à les détacher l'un de l'autre, c'est dégueulasse de voir des choses comme ça. »

Je viens de reprendre le travail après mon congé de (fausse) maternité, j'entends tout ça qui ne semble pas me toucher, je suis anesthésiée, je me demande simplement si la mère est morte avant que le bébé ne sorte de ses entrailles, si l'autre mère, celle qui était enfermée dans la coque du bâteau chaviré, a murmuré quelque chose à son enfant, elle l'a très certainement serré dans ses bras, très fort – moi aussi, je me souviens de la petite dans mes bras, de la vie qui s'en allait, sauf que je suis restée vivante et que je l'ai laissée derrière moi.

Dans l'avion de retour, une giclée de douleur, aiguë, me perfore la poitrine : dans le siège à côté du mien, une mère berce son bébé qui pleure.

« *"Oh Maimie, c'est mal de t'emmener dans l'Île si tu crois pouvoir retourner chez ta maman. Tu ne connais pas les mamans comme je les connais", dit Peter. Et il lui révéla le secret qu'il avait gardé jusque-là. Comme il avait trouvé la fenêtre fermée.* »

Automne 2015, Hongrie, Grèce, la route des Balkans. Dans la forêt, aussi, des objets abandonnés, comme les pierres du Petit Poucet, un T-shirt, un sac, qui font de petites taches sur la mousse. Dans des camps, par terre, dans la boue, dans les bois, les parents construisent de fragiles cabanes avec des habits et des sacs, pour abriter le sommeil des enfants. Les gosses arrivent à dormir partout, on les pose dans un nid de feuilles, sur une serviette, un pull, à même le bitume ou la terre battue, et voilà.

Jusqu'à ce jour où la photo du petit Aylan, mort échoué sur la plage, fait la une des journaux. Le garçonnet est étendu sur le sable, face contre terre, T-shirt rouge, short bleu. Je me dis naïvement que l'image d'Aylan, comme celle de Kim Phuc, la petite fille vietnamienne hurlant de douleur, brûlée au napalm, va changer les choses. Pour la première fois, le sujet des réfugiés fait la une du JT. Deux mois après, le 13 novembre. Le monde se barricade. Les « réfugiés » sont redevenus des « migrants ». Des terroristes en puissance. Et les enfants ont continué à mourir noyés.

Je suis retournée à Lesbos, un autre naufrage venait d'avoir lieu. 300 morts. Je travaillais avec le photographe grec Aris Messinis. Il faisait défiler des photos sur son appareil. Des cadavres, surtout. Et parmi les cadavres, une petite fille.

Ce jour-là, un « contact » avait appelé Aris et deux de ses amis photographes : une petite fille morte gisait dans une crique.

Ça pouvait faire une bonne photo.

Alors Aris, Enri Canaj et Giorgos ont marché jusqu'à la crique, le long d'un chemin escarpé.

La petite fille était bien à l'endroit qu'on leur avait indiqué.

Trois ans, à vue d'œil.

Aris s'est éloigné. L'AFP ne prendrait jamais un gros plan. Clic Clac. Il a photographié la fillette de plus loin. Sur la plage, on voyait une petite tache rose, et les cheveux de la gamine.

Aris a pensé à ses propres enfants. Il en a trois. Le dernier avait à peu près le même âge que la gamine.

Les trois photographes ont « shooté ». Mitraillé, comme on dit.

Qui allait récupérer la petite ? Déjà, les oiseaux de proie tournoyaient autour du corps minuscule. La première chose d'un cadavre qu'ils grignotent, ce sont les yeux. C'est mou et facile d'accès. Et ensuite, l'intérieur du ventre, les intestins, les boyaux. Les pompiers, débordés avec le naufrage, ne feraient pas le déplacement.

Alors Aris et ses amis ont mis la petite fille dans leur sac. Il a fallu escalader les rochers pour rejoindre la route, le petit corps ballottant dans le dos. Lourd, tout de même. Dans le pick-up, sur les routes bosselées de Lesbos, le sac cahotait toujours, boum boum, à chaque virage. Ils ont déposé le corps de la fillette à la morgue.

Aris ne connaissait pas le nom de la petite. Dans le serveur de l'AFP, il avait légendé sa photo : « Bébé mort retrouvé à Lesbos. » La photo n'a jamais été publiée. Aujourd'hui, elle a certainement été effacée.

Tout en parlant de la petite fille, Aris répétait qu'il ne voulait plus évoquer le sujet – « ça sert à quoi, franchement ? C'est comme toutes les photos que j'ai faites de ces gosses qui sont morts, tu crois que ça sert à quelque chose ? Toi et moi on est juste là, comme des vautours, on ne sert à rien. On les exploite. Et après, on rentre chez nous, bien égoïstement, à vivre notre vie de privilégiés. »

Nous nous sommes rendus au cimetière des réfugiés. Il y avait une longue rangée de tombes d'enfants sans nom. Mais le mufti du cimetière s'est souvenu : « Cette petite, elle avait une plaie à la tête, non ? » Oui. Nous avons alors appris son nom : Shaid Ahmad. Les parents avaient survécu. Ils avaient dû poursuivre le voyage avec leurs autres enfants, en la laissant ici, dans le cimetière de Lesbos.

J'ai écrit sur la petite fille morte. Sur tous les autres enfants disparus. Cela ne les a pas sauvés, mais je ne savais pas quoi faire d'autre.

J'écris pour me rattraper. J'écris pour effacer la culpabilité, l'impuissance. J'écris parce que je ne sais rien faire d'autre. Parfois, et c'est pire encore, quand le malheur advient, je sais que j'écrirai, et c'est peut-être là le plus indécent, ce qui m'inspire le plus le dégoût vis-à-vis de moi-même.

*

Dans les ténèbres de l'hôpital, quand la mort de son enfant lui avait été annoncée, il y avait eu cet instant, cette seconde flottante dans le désespoir, quand son esprit s'était détaché d'elle-même, quand elle avait su. Elle avait su qu'elle écrirait sur tout cela. Scindée en deux – d'un côté la mère qui voulait mourir, de l'autre le succube, le vampire qui en ferait des mots : n'était-elle pas là, sa plus grande trahison ?

« *"Tu te fais une idée fausse des mamans, dit Peter. Elles ne laissent pas la porte ouverte. (...) Je le sais bien moi, quand je suis revenu j'ai trouvé la porte fermée. Ma maman m'avait oublié et il y avait un autre petit garçon dans mon lit." Ce n'était peut-être pas tout à fait vrai, mais Peter le croyait.* »

On écrit et on a honte d'écrire.

Et pourtant, on continue.

Comme si écrire réparait quoi que ce fût.

Alors j'ai continué, continué à me faire la greffière des vies invisibles et disparues. Un peu comme ces conservateurs de musée ou ces collectionneurs obsessionnels qui rangent, classent et ordonnent, remplissent leurs notices méticuleusement. J'inscrivais quelque part la trace de leur passage, de leur mort, dans des articles que personne ne lisait. J'enregistrais pour moi seule, l'écho des voix qui s'étaient tues.

Dans son bouleversant *Archives des enfants perdus*, Valeria Luiselli se lance dans un road-trip américain, à la recherche de deux petites filles réfugiées mexicaines qui ont disparu à la frontière. C'est un voyage en famille, le dernier, car les adultes bientôt se sépareront. La mère écrit et lit pour se souvenir, le fils prend des photos avec son Polaroïd dont les silhouettes s'effacent dans le décor, la fille suce son pouce en s'inventant des personnages imaginaires, le père capture les sons et le vent dans un cimetière apache, tentant d'esquisser un paysage sonore, comme une réverbération de ce qui a disparu, un écho. Le père révère le travail de l'anthropologue Steven Feld qui a enregistré les pleurs funéraires du peuple Bosavi, « des cartes vocalisées des paysages dictés du point de vue des oiseaux ». Dans leurs cérémonies mortuaires, les Bosavi imitent le chant des oiseaux. Pour eux, les oiseaux sont des échos, des réverbérations sonores des disparus, la voix de la mémoire et la résonance des ancêtres. À chaque ruisseau, chaque clairière, son chant. Le paysage et l'espace sont étroitement liés à la mémoire. Ils la dessinent dans une géographie qui résiste au temps : les oiseaux se transmettent leurs chants, on ne sait comment, mais leurs mélodies traversent les années. On n'écoute jamais assez les oiseaux.

« *L'île de Peter Pan est un endroit secret et mystérieux. C'est là que naissent les oiseaux qui deviendront des petits garçons et des petites filles. (...) Il n'y avait pas si longtemps, après tout, que Peter était encore un oiseau. La partie de son dos où étaient ses ailes le chatouillait encore un peu.* »

Au printemps 2022, je suis à Bucha, la ville martyre ukrainienne, témoin de tant de crimes de guerre. Je cherche les tombes des enfants perdus. Nastia, 6 ans, est morte dans le préau d'une école. Quand sa famille a fui en voiture, ils se sont fait mitrailler, elle a été touchée par une balle, l'hôpital était inaccessible, alors elle a été soignée par un vétérinaire qui avait déplacé les animaux de sa clinique dans l'école, et c'est là, dans ce zoo funèbre, qu'elle a agonisé. Il y a dans mon téléphone une photo de Nastia, juste après sa mort, on ne distingue que son visage, minuscule et blanc, entouré de couvertures, il y a un fil aussi, sans doute la perfusion. On dirait qu'elle dort : il paraît qu'en serbo-croate, on dit d'un enfant qui dort profondément qu'il « dort comme un égorgé ».

Je me suis recueillie sur la tombe d'Ivan, 14 ans, né la même année que ma fille cadette. J'ai retrouvé sa mère. Elle m'a raconté. Ils se sont enfuis en voiture, à trois, la mère, son garçon et sa fille, mais comme ça tirait de partout, la voiture a dû s'arrêter. Le gamin s'est levé, puis il s'est assis au sol, sur le côté de la route, il ne pouvait plus marcher : il avait un trou à la poitrine, la mère aussi était blessée, mais il fallait mettre à l'abri la petite sœur. La mère s'en est allée à pied avec sa fille, en laissant son fils. Ivan est mort seul, sur cette route, les bras croisés sur sa poitrine trouée, les jambes nouées l'une sur l'autre. Il avait besoin de se réchauffer, certainement, il faisait froid cette nuit-là.

Quand la mère d'Ivan est enfin parvenue chez elle, avec sa fille, elle s'est endormie d'un sommeil de plomb.

Je n'ai pas eu besoin de lui demander ce qu'il s'était passé. Je la comprenais. Même si je savais que nos expériences n'étaient pas comparables.

Je me souvenais.
De ce sommeil lourd et comateux qui m'avait engourdie, après la mort de ma fille.

Je dormais pour oublier. Oublier la mort de l'enfant, oublier que je l'avais abandonnée, là-bas, dans la chambre mortuaire, oublier ma culpabilité d'être encore vivante. Les nuits d'après, encore et encore j'ai dormi, je dormais d'un sommeil de plomb, si lourd que chaque matin, je peinais à me lever et j'attendais le soir pour pouvoir à nouveau dormir, pour oublier. Oh la douleur de se réveiller, d'accepter et de se souvenir de ce qui était advenu.

Toute mère dont l'enfant meurt est Médée, la mère meurtrière, la mère infanticide. Toute mère dont l'enfant meurt se dit, j'ai tué mon enfant. Je l'ai abandonné. La mère dont l'enfant meurt a failli, puisque la mère est celle qui donne la vie, la préserve, la nourrit. La mère dont l'enfant meurt n'envisage pas que cela soit possible, l'enfant est vivant, quelque part, elle nie, elle ment, elle dit n'importe quoi. La mère dont l'enfant meurt est à la barre d'un tribunal, accusée pathétique à la défense inaudible, qui bafoue et bégaie, ne tente même plus de chercher des explications. Elle ne peut être jugée, puisque la sentence est déjà tombée, la perpétuité. La mère dont l'enfant meurt est son propre geôlier. Sa cellule est fermée à clé, une clé qu'elle a jetée au fond d'un puits.

Neige

Au printemps 2022, lors d'une conférence à Bologne avec des étudiants italiens qui avaient travaillé sur *Le Silence de mon père*, une jeune fille m'a demandé quel était mon « W » – ce trou noir autour duquel tourne Georges Perec, la disparition de sa mère, qu'il esquisse sans vraiment l'évoquer dans le poignant *W ou le souvenir d'enfance*. J'en ai eu le souffle coupé. Mon texte fantôme se voyait donc tant que cela ? Le soir, j'ai réécrit pour la première fois quelques mots. J'ai écrit à la 3e personne, en anglais. J'avais besoin de mettre de la distance. Le texte s'appelait « Snowflakes ». Il évoquait le jour de la mort de l'enfant. Et la neige qui tombait sur nous.

Je relis ces mots de David Grossman :

« Nous étions
Deux flocons humains
Un enfant et sa mère,
Nous avons plané
Dans l'espace du monde ».

Et je me souviens. Je me souviens de ce jour merveilleux où il avait neigé à Paris, pendant ma grossesse. La ville était immaculée, la circulation s'était arrêtée. Des luges étaient apparues, ici et là. On voyait débouler des enfants en anorak, surexcités, se jetant à corps perdu dans une bataille de boules de neige. Nous étions partis avec des sacs-poubelle en guise de luge, les filles et leur père voulaient dévaler les pentes des Buttes-Chaumont. Moi je marchais à petits pas, prudemment, souhaitant éviter une chute qui eût compromis ma grossesse, je contemplais ma famille, heureuse de voir l'excitation de mes filles, heureuse de ma deuxième échographie, heureuse de sentir les coups vigoureux de ma troisième fille dans mon ventre : cette fois, tout se passerait bien. Le bonheur ressemble aux flocons de neige, il a toutes sortes de formes, les plus étranges comme les plus attendues, il a cette beauté éphémère et flottante impossible à saisir : à peine attrapé, il fond. Nous avions été ces deux flocons, ma fille et moi, « à planer dans l'espace du monde ». Et même si, parfois, je ne vois plus que la neige fondue devenue boue – l'eau du visage, *nước mặt*, c'est ainsi qu'on dit « larmes » en vietnamien –, ces instants de bonheur partagé ont flotté dans les airs, pareils aux premiers flocons qui jamais ne se posent, éternels.

I rock an ice baby.
I rock, I rock.
(Anne Sexton)

Et je me souviens. Je me souviens du fauteuil de la chambre 14. Je tenais dans mes bras mon bébé de neige, mon bébé flocon.

Je me souviens.
Mẹ nhớ con
En vietnamien, le mot *nhớ* veut dire à la fois se souvenir et manquer à quelqu'un.
Mẹ nhớ con
Maman se souvient de l'enfant. Enfant manque à Maman.

Se souvenir parce qu'il nous manque quelque chose, parce qu'on est amputé.

To remember en anglais. *Re-member.* Remembrer. Le mot existait en ancien français. Se remembrer, c'est se reconstruire, se souvenir pour être entière.

Le téléphone du vent

Une cabine de téléphone dont les fils ne sont rattachés à rien, au Japon, dans un jardin qui surplombe la mer. En 2011, la région a été dévastée par un tsunami. Depuis, elle est hantée par les fantômes. Des passagers se volatilisent en prenant le taxi, des téléphones résonnent dans des maisons qui n'existent plus, des spectres hantent les lieux où ils ont perdu la vie.

Des enfants ont été pris au piège dans une école avalée par la vague. Soixante-quatorze d'entre eux ont disparu. Tous les corps n'ont pas été retrouvés, l'océan est vorace. On dit des morts qui n'ont pas de dépouille qu'ils ne peuvent trouver la paix. Ils parcourent sans cesse les lieux de la tragédie. Mais les fantômes n'offrent-ils pas une meilleure compagnie que le vide ?

Au Japon, comme au Vietnam, l'autel des ancêtres est sacré au sein des foyers. Les disparus sont là, à jamais, sur l'autel des ancêtres. Quand on visite les endeuillés, ils vous y conduisent, comme pour faire les présentations. On m'a raconté qu'une mère déposait tous les ans le portrait de son fils, artificiellement vieilli sur Photoshop, avec ses mets favoris sur l'autel des ancêtres. Je l'imagine, cuisiner avec amour pour son enfant, une soupe, une crème au chocolat, une tarte aux abricots.

Le Kaze No Denwa, « Téléphone du vent », est devenu un lieu de pèlerinage pour tous les endeuillés. Les visiteurs s'enferment dans la cabine pour poursuivre la conversation avec les absents.

Moi aussi, un beau jour de 2018, alors que les cerisiers bourgeonnent, je fais le pèlerinage. Le jardin est beau, la mer calme. J'ouvre la porte de la cabine et j'y pénètre comme dans une église. Je feuillette d'abord le Livre d'or. Il contient des photos d'enfants et des bribes de phrases, simples et déchirantes, en japonais, mais aussi en anglais, en espagnol : les pèlerins viennent désormais de loin pour se réfugier dans le Kaze No Denwa.

J'écris quelques mots. Ou plutôt, je me cache derrière une phrase de Modiano : « Je crois qu'on entend encore l'écho [...] de ceux qui ont disparu. Quelque chose continue de vibrer après leur passage, des ondes de plus en plus faibles, mais que l'on capte si l'on est attentif. [...] tous ces échos épars qui flottaient dans l'air se cristallisaient. »

Je ne parviens pas à écrire le nom de ma petite absente. Quand je prends le téléphone du vent, je reste muette. Je n'ai rien à dire dans le combiné. Je n'entends rien. Pas même les sons de la chambre d'hôpital, ou son cri à la naissance. Le vide.

Une autre cabine de téléphone, à Paris. C'est une installation éphémère, née en 2020 au théâtre de la Colline. Le projet s'appelle « La parole nochère ». Le dramaturge Wajdi

Mouawad et la chorégraphe Kaori Ito, qui s'est inspirée du Téléphone du vent, en sont à l'initiative. Après le premier confinement et l'horreur des images de corps entreposés dans les chambres froides de Rungis ou à l'hôpital, Mouawad et Ito ont décidé qu'il manquait un endroit pour parler à/de nos disparus. Rappelant que jadis, on construisait toujours un théâtre près des cimetières : le théâtre était l'endroit de la parole poétique, celle qu'on confie à l'au-delà. Alors ils ont construit un dispositif pour recueillir ces mots-là : la cabine du vent. Mon amie Audrey m'en parle[1], je veux participer à l'expérience. Mais entre les confinements et mes reportages, je laisse passer le coche.

Juin 2022, je reviens tout juste d'Ukraine, quand le théâtre de la Colline m'appelle. Suis-je toujours intéressée pour participer à La parole nochère ? La cabine de téléphone va ouvrir à nouveau, quelques semaines.

J'arrive au théâtre. Mon nocher, ou plutôt ma « nochère » m'accueille. Le nocher est le navigateur de la barque qui vogue sur l'Hadès, un messager entre le monde des vivants et celui des morts. Dans un recoin du théâtre, il y a deux cabines. L'une pour dialoguer avec le nocher. L'autre branchée à rien. Dans la première cabine, je décroche le combiné. Ma « nochère » écoute. Je ne sais plus ce que je dis. Je pleure. Je vomis ma culpabilité. « Votre enfant a été aimée », dit la nochère. Oui, elle a été aimée. Mais l'amour ne suffit pas.

1. Dans la cabine, elle parlera quant à elle à son petit frère fantôme, mort-né après sa naissance à elle, et dont elle a toujours senti l'ombre. Le Pays de Nulle Part est plus peuplé que je l'imaginais.

L'amour ne protège de rien, ni de la maladie, ni de la souffrance, ni de l'abandon.

Je passe ensuite dans la deuxième cabine, connectée à un enregistreur : le téléphone des fantômes, le téléphone du vent. Les paroles recueillies seront diffusées sur le toit du théâtre, à un volume quasi imperceptible, quelques décibels aussi légers qu'une plume, elles s'envoleront, se dissoudront dans l'air, un infrason impalpable qui se mêlera à la rumeur de la ville et au bruit du vent.

À nouveau, le silence étrangle ma gorge. J'étouffe. Et puis je réussis à dire son nom. Et ce mot. « Pardon. » Pardon ma fille de t'avoir abandonnée. Pardon ma fille pour mon silence. Pardon ma fille de ne pas t'avoir offert une vie, auprès de tes merveilleuses sœurs. Pardon ma fille de ne pas t'avoir montré le ciel, quand il se découpe entre le feuillage d'un arbre en éclaboussures de bleu, en vietnamien on dit *xanh da troi*, « bleu comme la peau du ciel », pardon de ne pas t'avoir fait découvrir les trilles des oiseaux et le chant des vagues. Pardon ma fille de ne pouvoir te léguer que ce misérable petit tas de mots, de bric et de broc. Pardon pour ce dérisoire barrage contre l'oubli, troué de partout. Et je murmure, dans le téléphone, la berceuse que je te chantais dans la chambre d'hôpital.

Le soir, en rentrant chez moi, alors que mes filles dorment, que tout est noir, que la nuit sans ombre m'enveloppe, j'ouvre l'ordinateur. Je tape le nom de ma fille dans la barre de recherche. Le fichier fantôme est toujours là.

Je clique.

Poupées

Les livres nous font parfois des signes. Peut-être devrait-on les déchiffrer comme des cartes de tarot, les ouvrir au hasard, pour y décrypter nos vies. Dans ma bibliothèque, certains livres restent fermés, par exemple, ceux que j'ai lus et relus pendant mon année Zéro, les livres de la diagonale du vide, les livres d'enfant mort, en particulier *L'Enfant éternel*, de Philippe Forest, lu et relu à tant de reprises. Il luit comme un soleil noir, je n'ose le ressortir, de peur de me retrouver plongée dix ans auparavant et de me noyer. Je préfère ouvrir *Narrateurs sans âmes*, de Yoko Tawada. Et je tombe sur cette phrase : « Les poupées et la mort ne peuvent être pensées séparément. » L'autrice évoque les kokeshis, ces populaires petites poupées qu'on trouve partout au Japon, mais aussi en France, dans n'importe quel bazar ou magasin de gadgets. Kokeshi veut dire littéralement « enfant supprimé ». Selon la légende, lors d'une grande famine, les mères furent contraintes de sacrifier leurs nourrissons – ces kokeshis leur rendent hommage.

Certains temples au Japon organisent des cérémonies mémorielles pour les *mizuko*, les enfants-eaux. Les bébés morts, les bébés jamais nés, les bébés avortés, les bébés fausses-couches ou les bébés morts trop jeunes. Il leur est donné un nom bouddhiste, un nom de mort, certes, mais un nom tout de même : *mizuko* veut aussi bien dire « les enfants invisibles » que « les enfants qu'on ne voit pas ». Ces enfants sont alors confiés à Jizo, Bouddha protecteur des enfants. Les mères déposent des statues de Jizo près du temple, il y en a des petites, pas chères, et des énormes à plusieurs centaines d'euros, habillées d'une écharpe, d'un bonnet, et à leur chevet, des jouets et des bonbons.

Nous n'avons jamais parlé de la mort de ma fille avec ma mère (et mon père aphasique ne sait même pas qu'elle a existé), pourtant, ma mère a eu ce geste. Elle a déposé un nouveau bouddha en pierre dans le jardin, pour protéger l'esprit de mon enfant voguant dans le pays des Morts.

Liber

Pourquoi un livre ? Pour décrire la réalité, ce magma boueux et fuligineux, les mathématiciens l'éclairent, la déconstruisent en équations, nettes et précises : c'est ainsi qu'ils la transforment en poésie, que l'obscurité devient lumière. Nous, mortels, avançons en aveugles dans le labyrinthe de nos vies, nous n'avons aucun autre outil que la langue, cette langue imprécise, pâteuse en bouche, faite de mots grouillants et incertains qui toujours trompent et déforment. Alors, pour comprendre, il faut se faire archéologue, creuser et chercher l'étymologie : on en revient toujours au ruban de Moebius, au passé qui devient présent, les racines font pousser les mots, la langue est tissée de rhizomes. Creuser dans les mots, c'est comme démonter une horloge de haute précision, une construction en Lego, un mécanisme complexe. C'est tenter de se faire mathématicien, de trouver la lumière, enfin.

Et la lumière se dessine, en taches mouchetant l'ombre, tels ces rais de soleil qui transpercent le feuillage. Les Japonais ont un mot pour ces rais de lumière filtrés par la frondaison : *komodori*.

Komodori. Cela pourrait être le nom de ce lieu mystérieux des « Régions claires de l'écriture » dont parlait Duras, là où surgissent les mots, se frayant un chemin à travers les ratures, et dans ces régions claires de l'écriture, *les blessures que nous font ces mêmes épées de soleil nous sont infligées par le ciel, ne nous laissant ni traces ni cicatrice visibles ni dans la chair de nos corps ni dans nos pensées.*

Car dans les « Régions claires de l'écriture », la cicatrice se cache, invisible.

Et tandis que je me relis, que j'écris, que bientôt viendra l'épreuve des « épreuves » imprimées, si bien nommées, je m'interroge : « À quoi bon ce livre. »

Livre, comme librairie, vient de « Liber ». C'est l'écorce, ou plus exactement l'écorce intérieure de l'arbre, là où circule la sève, le sang de l'arbre. L'écorce fait le papier, elle est aussi la peau qui s'érafle et cicatrise, l'épaisseur qui protège la chair à vif. Écrire un livre, cette tâche dérisoire et pourtant douloureuse, consiste à peler l'écorce, à arracher les petites peaux, puis la peau elle-même, pour découvrir la blessure, car la blessure qu'on oublie se gangrène, alors, tel le chirurgien armé de son scalpel, on écrit comme on incise, comme on gratte l'écorce, les croûtes de sang durcies, la peinture écaillée ou le papier peint sur un mur, et pareil à l'alcool dont on badigeonne la plaie, ça pique, ça brûle. Mais on continue. Parce que ce sont les livres qui nous ont aidés à tenir debout dans l'infinie solitude du deuil, parce qu'ils pansent et oxygènent, on endure en espérant qu'au creux de leurs mots se cache quelque part, non pas une consolation, mais la possibilité d'un apaisement.

La même idée d'incision se retrouve dans le mot « écrire », et sa racine indo-européenne : *sker*. Qui veut dire gratter, graver des signes dans la pierre, tatouer, et qui donne aussi le mot « scarifier », faire une cicatrice, ou en anglais *to score*, entailler (une partition de musique se dit d'ailleurs *music score*, car les musiciens savent bien que la musique frotte le cœur jusqu'à le pulvériser). En japonais, *Kaku* veut aussi dire « graver ».

J'écris, j'incise dans la chair, pis encore : j'emploie le « je », ce pronom que j'abhorre, ce « je » qui me transperce, car il m'éloigne de la fiction – la troisième personne du singulier me permet de me réfugier dans l'illusion que tout cela ne m'est jamais arrivé, tout cela ne m'est pas arrivé à moi mais à « elle », la mère endeuillée. Je ne serais que ventriloque, répercutant les mots de ce personnage que je voudrais de papier.

J'écris et c'est comme un tatouage. Rituel ancestral : l'incision, toujours, puis l'encre qui pénètre dans la peau, migre, se mêle à la lymphe, au sang, à la sève qui coule dans les veines, notre liber, à toi ma fille et à moi. L'encre transforme le corps tatoué en chimère, brouillant la frontière entre le dessin et le corps, tout comme l'encre des mots nous métamorphose.

Les mères sont des chimères. Pendant la grossesse, elles muent. Femme-baleine, femme-kangourou, femme-centaure, deux têtes, deux cœurs, deux estomacs, elles abritent pendant neuf mois un extraterrestre qui danse dans leur ventre et se nourrit de leur sang, elles parlent tout bas à l'étrange alien qui fait onduler leur ventre, elles lui chantent des chansons, elles sourient toutes seules, béates, dans ce dialogue muet. Les mères sont des chimères[1]. La faute au « microchimérisme » fœtal, un étrange phénomène qui a lieu pendant la grossesse, où la mère et le fœtus échangent des cellules, à travers la mince barrière du placenta. Après la naissance, ces cellules partagées demeurent dans les deux organismes : celui de la mère et celui du bébé. Dans le corps de la mère, elles tapissent son cœur, son foie, ses poumons, autant de cellules étrangères, données par ses enfants. Ou par sa propre mère : on a retrouvé chez certaines femmes des traces venues d'une grand-mère, ou de frères et sœurs. On sait encore très peu de choses sur ces cellules chimériques. Elles subsistent, mystérieusement, dans notre corps, pour une durée interminée. Jusqu'à notre mort, peut-être. On ignore leurs effets sur la santé des mères. Les cellules chimériques migrent parfois jusque dans le cerveau où elles deviennent neurones. On les soupçonne par exemple de renforcer l'attachement de la mère à l'enfant, en aidant à la montée de lait : votre bébé pleure, vos seins se tendent, prêts à donner. Les chercheurs n'excluent pas que ces mystérieuses cellules puissent aussi soigner certaines blessures internes.

1. Dans un cinéma, à une projection de *Saint Omer*, le film d'Alice Diop, c'est le moment de la plaidoirie de l'avocate de la mère infanticide. Elle évoque le microchimérisme. Sur l'écran, gros plan de visages de femmes, de tous âges, qui pleurent. Dans la salle, comme en écho, les femmes pleurent aussi. Merci à Alice Diop, grâce à qui le planctus a pu, un instant, sortir du murmure numérique des forums Internet.

Mes filles sont en moi. Mes trois filles, les vivantes et la morte. La morte m'a laissé son souvenir, mais aussi un petit bout d'elle, dans mes veines, dans ma lymphe, dans mes os. Dans nos corps de femmes, ces cellules chimériques perdurent, une toile d'araignée qui s'étend à l'infini, de mère en fille, de fille en mère.

Thở

Les mots étaient enfermés
Dans leur boîte
Et la boîte
Dissimulée
Dans les confins du nuage

Un jour, j'ai ouvert à nouveau
Le nuage
Et les mots-araignées
M'ont sauté à la figure.

376 404 pattes d'araignées ont galopé sur mon corps.
Et les mots-araignées m'ont submergée.
Immiscés dans chaque pore de ma peau.

Je ne pouvais plus
Respirer

Respirer
se dit *Thở* en vietnamien
Avec une virgule adoucissant le O en E
Le point d'interrogation est un accent
Comme une note aiguë
L'accent un point d'interrogation
Qui dit l'obsédante question.

Mais comment as-tu pu continuer à respirer
Quand l'enfant, elle, ne respirait plus ?

Sans l'accent-point d'interrogation
Thở devient *Thơ*
Le poème. Ou la lettre.
Une lettre pour toi, mon enfant.

Thơ pour réapprendre à *Thở*.

Fil

Les mères sont des araignées, ces arthropodes patients et humbles, qui bâtissent nuit et jour leur toile. Ces toiles graciles arborent parfois des formes étranges, en collerettes, tubulaires, en chapiteaux, et pourtant, elles parviennent à résister aux chocs. L'araignée pince le fil, tel un guitariste la corde de son instrument, elle sait les soubresauts de son délicat assemblage, rééquilibre l'édifice, et répare, rafistole, rapièce pour faire tenir la toile le plus longtemps possible. Les soies d'araignée sont magiques. Capables de cicatriser les plaies, mais aussi de capturer les agresseurs et les proies, elles permettent aux araignées de construire leurs cocons.

Les mères tissent et rapiècent. Elles soignent. Le fil est fragile et solide, comme la vie.

Parfois, l'araignée lance un « fil de cheminement » vers le ciel, ça se passe au printemps. Ce fil lui permet de s'envoler et de partir, loin, très loin. On dit d'elle qu'elle fait du « ballooning », elle se laisse porter par le vent, avec son fil, à des centaines de kilomètres parfois. Puis elle le coupe. Le fil de cheminement est en général invisible, sauf dans la transparence des petits matins, quand la rosée le fait scintiller, mais l'araignée s'est déjà envolée, il ne reste derrière elle que la trace fugitive d'un envol. Les Anciens appelaient cheveux d'ange ou fils de la Vierge ces fils que, selon la légende, la Madone, la mère de tous, collecte pour confectionner les linceuls des morts anonymes.

Je suis le fil de cheminement. Il m'enserre, tricote mes souvenirs épars, ceux de ma petite fille perdue. Et puis je jette le fil au ciel. Tous mes mots dans le vide. Et le fil devient ce pont invisible. Vers le Pays de Nulle Part. Et je me souviens de ce vieux conte du Bouvier et de la Tisserande. Elle dans le ciel, lui sur Terre, qui se retrouvaient grâce à un pont de larmes ou d'étoiles, ou de fils, je ne sais plus. Je crois que les pies leur avaient construit ce fragile édifice. Les oiseaux savent suivre les fils de cheminement. Jusqu'au moment où le ciel disparaît, à l'orée de nos plaies.

J'écris et soudain j'entends un son. C'est le chant d'un oiseau, à ce moment précis où le jour point, dans l'obscurité. La mélodie sinueuse ricoche sur le vent. Elle dessine la réverbération sonore de ce qui a disparu.

REMERCIEMENTS

Pauline Perrignon, mon éditrice, m'a accompagnée avec son infinie délicatesse, notamment pendant les « épreuves », jamais aussi bien nommées. Je suis reconnaissante à toute l'équipe de Grasset pour sa patience et ses retours, en particulier Agnès Nivière, Jean-François Paga, Jean-Marc Levent, à Muguette Vivian, correctrice si fine. Emoji cœur à Jérôme Bouchaud, mon agent, le premier à avoir lu la chose. Pensées pour Sophie de Sivry.

Merci à David d'avoir lu, Audrey pour les nochers, Maria Chiara pour les discussions sur Perec et la question sur W, Stéphane et Isabelle pour les chiens et pour les rires, Charlotte pour Mandelstam et Grossman, Sabine pour les araignées et sa poésie, Minh dont j'ai lu le texte, en repensant au mien.

Ma gratitude aux amis qui furent présents : les Lasalliens et assimilés, Laetitia qui venait de loin. Merci également aux auteurs des livres de mon « année zéro », dont les mots furent des bouées, Philippe Forest, Camille Laurens, Yuko Tsushima, Kenzaburô Ôe et bien d'autres, merci aux *Variations Goldberg* et aux *Impromptus* de Schubert, pansement pour l'âme.

Merci à ma famille, mon ancre.

Mise en pages
PCA 44400 Rezé

Cet ouvrage a été achevé d'imprimer sur
Roto-Page
par l'Imprimerie Floch à Mayenne
pour le compte des éditions Grasset
en juin 2024.

PAPIER CERTIFIÉ

Grasset s'engage pour l'environnement en réduisant l'empreinte carbone de ses livres.
Celle de cet exemplaire est de :
550 g éq. CO_2
Rendez-vous sur
www.grasset-durable.fr

N° d'édition : 23254 – N° d'impression : 105042
Dépôt légal : août 2024
Imprimé en France